Jogos marcados no corpo de Deus

cacha
lote

Jogos marcados
no corpo de Deus

Jorge Verlindo

Parte I

Parte II

Parte III

Parte IV

Depois das trevas, luz.

Parte I

O FIO E O ESMAGAMENTO

Às vezes estou num café, num bar, e observo as pessoas. Nada é da minha conta, mas tem algo na cena que me chama atenção. Investigando, uma sensação de transparência se apresenta, como se os gestos e as expressões dos outros me entregassem seus universos internos. Um jogo de pensamentos que intuem e confirmam as próprias teorias. Sempre me vem à mente cenas como as de *Uma tarde de domingo na ilha de Grande Jatte*, pintura na qual há pistas, mas não evidências, do estado de espírito daquelas figuras. Seria uma forma de projetar no outro uma história consistente do mundo? Projetar até aparecer uma tábua no oceano com a qual se possa ir boiando?

Não dá para perguntar a todos. Vez ou outra escuto conversas numa mesa. Quando um humor específico deixa escapar algum comedimento, e se pode ouvir uma frase, uma conversa inteira. Quantas histórias acontecem todos os dias às mesas das cidades. E há fios que saem dessas histórias. Uma voz que treme num tema, um aperto nas próprias mãos, um assunto que estranhamente esvoaça. Se alguém puxa um fio desses, e um fio puxado vem com uma responsabilidade junto, o faz sem saber o que vem depois. A gente não imagina o tipo de coisas que esses fios amarram lá dentro. A gente normalmente não quer saber. A beleza do quadro de Seurat, pra mim, vem da capacidade de todas as suas figuras parecerem ter esses fios e, ao mesmo tempo, de a cena mais ampla exprimir uma magnificência, transpirar tranquilidade. A luta entre essas duas forças — a harmonia do coletivo e a miséria do indivíduo. Que obras foram feitas em cima de nossas angústias, medos, pesadelos mais profundos? Não sei se é possível ser diferente. Um fio me chama a atenção numa mesa.

Uma mulher pontua frases com sorrisos e afaga as mãos. Vou chamá-la de Esther, enquanto ninguém puxa o fio dela. Enquanto Esther observa atenta o homem com quem fala, chama atenção à sua volta. Sua compleição me confunde quanto à idade, há um vigor e amadurecimento convivendo em seu corpo ao mesmo tempo. Tudo nela exala atração, menos a expressão no rosto. Um vestido bem cortado, com um padrão sofisticado, contorna seu corpo; ombros, costas, coxas e pernas, todos falam juntos. Quanta descrição de uma pessoa é necessária para nos sentirmos identificados? Quanta beleza? Há um acordo silencioso de amor e ódio em relação a pessoas belas. Uma fagulha de aspiração que queima e se apaga continuamente, trazendo fascínio, rancor, adoração, desprezo, vontade de consumir e destruir a beleza no outro, já que não é nossa, já que não podemos tomá-la.

Esther é bela e não tem certeza do que fazer com isso. Há uma dança quadrada em seus movimentos. A beleza funciona, mas o carro está sem volante. Não se distrai da conversa, apesar dos olhares. Não vejo com quem ela fala, mas não aparecem confidências, só os fios. Muito se aprende na busca de parecer normal. Nossa tentativa de normalidade nos cai como um bigode falso, mas ninguém vê, já que estamos ocupados arrumando nossos próprios fios enquanto existimos.

Aquele afago na própria mão me faz pensar numa presa baixando as orelhas enquanto o caçador se aproxima. Muito se fez para estarmos sentados aqui agora, gente humilde trazendo às mesas o café que não pode tomar, sendo gentil apesar das doze horas ininterruptas girando em busca de pedidos. As rendinhas, os azulejos, a comida fumegante. Somos nossos próprios caçadores e presas, grande parte do tempo. Mas não consigo ver quem é o caçador de Esther. Estará à mesa? Não me parece. Se esse é o fio, o que está amarrado dentro deve ser maior. Há dores das quais podemos passar uma vida inteira sem falar. Há fios tão impossivelmente dolorosos que em geral não se vê. Conviver é ignorar muita coisa para manter a sanidade.

Esther perde o foco da conversa. Isso acontece algumas vezes enquanto a observo. Peguei-a mirando em minha direção, mas o olhar me atravessava. O que viu?

Se eu estivesse escrevendo sobre o que ela pensa, seria uma massa disforme esmagando os sentidos. Sussurros no ouvido ininteligíveis, uma pressão sobre o peito, um cheiro insuportável de suor, sufocamento, lágrimas, bufadas, deformações no rosto, móveis arrastando, gente lá fora e o corpo sumindo dentro de si. Um olhar perdido, e silêncio. A alma empurrada para um fosso escuro, e esses barulhos surdos todos acontecendo lá fora, no mundo, enquanto ela está presa aqui dentro. Não alcança a borda, seu grito se dissipa, o fluido confuso dessa escuridão ralenta seus movimentos, enquanto a brutal passagem do tempo a despedaça e a transforma de protagonista em testemunha imóvel.

Esther volta e continua olhando o interlocutor, não lembra o que ele estava dizendo, mas faz parecer que sim, faz uma pergunta qualquer e o outro continua conversando, solta uma gargalhada.

A dor não tem cara. Nossos espaços públicos, edifícios e regulamentações, aduanas foram todos construídos em cima da negação da dor. Fomos negando e colocando na esteira da modernidade todo tipo de utilidades. Reitero: utilidades. Mas aí a dor anda de máscara, subverte nossas conversas. Transforma "nãos" em "sins" e vai criando um exército de hospedeiros. O fio que vejo daqui de fora, lá dentro está nas mãos de uma dor, que coloca Esther no colo e imita sua voz dizendo palavras brandas, mexendo sobrancelhas e inclinando a cabeça para dar um ar terno e convincente pro assunto.

Dessa forma, a dor se mantém nas sombras. O esmagamento do indivíduo, que acontece em segredo, nos becos, nos quartos, nas pausas, ganha escala e vira um poder coletivo invisível. Esther abre a boca pra gritar, mas em vez disso saem flores de plástico, uma energia imensa gasta para operar dois sistemas estruturalmente opostos, um moendo sua alma por dentro e o outro, por fora, compondo mais um personagem de domingo no lago de Jatte.

Imagino o fio sendo puxado e, lá dentro, em movimento, a dor que manipula o boneco de ventríloquo. Ela não quer sair. Não há palco aqui fora. Então ela se segura, manda comandos de defesa, joga tudo pra cima, quebra janelas, toca todos os filmes que Esther já viu e não quer ver de novo. Puxar o fio é um sofrimento que promete liberdade, mas não a garante. Não puxar o fio é garantir o sofrimento conhecido em detrimento de qualquer experiência nova. Esther congela mais uma vez; lá de dentro, o fio mandou o comando de pedir a conta e ir embora.

O HELICÓPTERO

Ao abrir os olhos, Roberto vê a gradação de luz pela janela projetada na parede e não consegue entender se o que sente é esperança. Sua cabeça ainda não começou a transformar sentimentos em palavras, apenas os flashes se manifestam. Ele esteve em torpor a noite inteira. De olhos fechados, já havia desistido de dormir quando o corpo desistiu de se mexer, criando uma imobilidade consciente em que mapeava todos os ruídos do quarto, os estalos da madeira, o carro passando na madrugada, aquele solavanco no quebra-molas. Não é dormir. Também não é estar acordado.

A cabeça começa a funcionar, e os flashes ficam mais claros. Um sentimento-fantasma de movimento, o corpo saindo da cama antes mesmo de sair da cama, a respiração entrando em contratempo com o pulmão, e todos os movimentos de Roberto começam a acontecer muito antes na cabeça, enquanto segue sonolento, escravo das rotinas da manhã. Ainda há silêncio, que começa a se despedaçar aos poucos com os primeiros barulhos dos cidadãos que começam o dia mais cedo.

Fazendo o café, Roberto pensa em pôr a roupa; já na roupa, está deslocado no trânsito. Inconsciente de que, quando chegar ao trânsito, estará pensando nas tarefas, em fragmentos de sonho que só lembra quando não pode encontrá-los intimamente, pois já chega ao trabalho imaginando o fim do mês, e o mês finda quando Roberto está no fim do ano.

As pessoas falando na reunião parecem estar fora d'água, enquanto Roberto afunda longa e silenciosamente em seu fluido espesso e transparente. Vozes distantes. Como somos feios, pensa Roberto. Tire o som das pessoas e você começa a ver as dores delas, suas compensações. Somos um problema de saúde pública para nós mesmos, somos ilhas e somos guerras, continua ele. Somos como países, destruindo os territórios uns dos outros, criando órfãos, amputados, estuprando tudo que acreditamos ser nosso. Roberto pensa, mas não fala. Seus rápidos movimentos de olhos apenas mapeiam e processam. Alguém lhe pede uma opinião, ele dá. Dois ou três argumentos quaisquer, que misturam senso comum com uma impostura crítica, algum gesto que pareça autêntico. Acreditam.

Volta, então, ao silêncio — ...sim, as pessoas são como países; os países, como pessoas. Todos em uma guerra febril, os jovens com sede de sangue, de justiça a qualquer custo, doa a quem doer, mesmo que se mate a justiça no meio do caminho enquanto os velhos, pornográficos, com sede de pele, de deflorar, de decompor-se em cima de alguém, o bagulho é louco, o jogo é pérfido, todo mundo sabe sem saber, impõe as sanções e compra a mídia enquanto não sabemos se no vizinho é uma ditadura ou se é fake news, o que importa é o transe, a catarse virulenta, aquela falta imensa que confunde se luz é esperança, se manhã é início, se realmente é necessário mais uma dose, mais uma transa, um carro a mais nas ruas.

Roberto já levanta seu voo sobre a sala. São muitas cabeças pensando juntas dentro de si. Vê um caminho em perspectiva, estendido longamente no horizonte. Percorre aflito, no limite do fôlego e, no fim, o caminho zera e o vê de novo, elasticamente estendido, mas o fôlego ainda é o mesmo: sempre sem ar, mas ainda vivo. As vozes dos colegas, lá embaixo, dançam — ...todos contra todos, com punhais de todos no bucho de todos moralmente decentes, enquanto todos falam de todos e entendem como todos seriam melhores se todos soubessem o que todos acham que sabem.

Pensei em dizer que Roberto é fechado. Ele discordaria. Talvez não seja fechado, mas a circunspecção seja um estado criado na impossibilidade da abertura. Quantas e quantas vezes nos deixamos tornar alguém que se encaixa na experiência imediata do outro, mas logo no momento seguinte não atendemos à próxima experiência. Mas aí já era, já nos transfiguramos. O tempo move mais rápido do que a identidade. Traz novidades, situações que contradizem o que eu "vi", mas é mais fácil dobrá-las para encaixar no que "já sou", um desencontro casual entre o ser do mundo e o ser do indivíduo.

Acaba a reunião e Roberto voa para o colégio do filho. Enquanto dirige para casa, faz perguntas aleatórias para manter uma conversa com o menino enquanto pensa na própria infância — ...como os jovens de hoje têm mais: mais conforto, mais proteção. Como são mal-acostumados. Não, na verdade o ideal é melhorar as condições, e precisamos dar tudo o que podemos a nossos filhos. Mas, sim, acabam mal-acostumados, só que é melhor assim do que sofrendo à míngua como eu, embora nunca entendam o que eu vivi, sobrevoa Roberto. O filho olha para fora, pela janela, olha de volta para o pai, que está perdido no caminho que se repete à frente. Faz cinco minutos que perguntou como foi a aula. E novamente repetiu a mesma pergunta que fez quando chegou ao carro. Filho, como foi a aula?

Chegam em casa junto de Sofia, a esposa. Ela beija o marido e o filho. Quer saber como foi. Como foi o quê? O dia, a aula, o trabalho. Foi bem. — ...foi bem especificamente aquela coisa tóxica de sempre, fazemos nada e mais nada para atender caprichos de gente excêntrica com mais poder que a gente, que serve outros com mais poder ainda, que lá no limite são donos de operadoras de cartões, dos mares, dos portos, das telecomunicações, da justiça, que não se cansam de querer nem de ter. Mas só falamos da política, dos ignorantes que fazem o meio de campo e suas trapalhadas; ora, se todo dia sai um escândalo novo, mas se todos eles se julgam inocentes, no fim das contas estão todos mentindo ou todos roubando?

Sofia observa Roberto enquanto o marido almoça. Silêncio. Às vezes ele sai do transe e lhe faz um carinho. Será que ele tem outra? Será que está tudo bem?, ela questiona, e está tudo bem. O menino come enquanto derruba comida na mesa, faz barulho no prato, a mãe cutuca, Roberto volta e faz um carinho nele. Sobe de novo, as hélices dos pensamentos sempre girando violentamente — ...ter filho é lindo, mas é uma merda. Conseguiram sequestrar qualquer possibilidade de amar essa outra pessoa com tranquilidade, tiraram as chances de amar sem ter recursos, meu Deus, fico imaginando quando ele crescer e entender o lugar que criamos, me perdoe, porque não vou ser capaz de contar, vai precisar ver por conta própria, coitada dela, se casou com um maluco, será que ela tem outro pra me suportar?

Depois do jantar vão ainda cuidar das tarefas da casa. Muito pra fazer em tão pouco tempo. Aquela sensação de que os momentos todos se fundem em seus próprios temas. Lavar louça hoje, e amanhã, e amanhã de novo. Tomar banho a tempo de dormir 365 vezes em sequência pensando em ganhar tempo para dormir mais, para levantar cedo com energia para gastá-la toda, mais 365 vezes, uma vez colada na outra. O tempo é veloz e é lentíssimo. Um momentinho de sofrimento para quebrar uma vida enquanto leva décadas para recuperar aquele lapso. O dia acaba inteiriço numa noite silenciosa que Roberto vai desbravar de olhos fechados, percebendo cada movimento de sua mulher na cama, seu bruxismo, seus sonhos que viram gemidos, grunhidos, todas aquelas pendências que existem só porque pessoas existem. Depois derramam na gente aqueles anseios de felicidade, como se, no final desse caminho que se repete, fôssemos encontrar alguma dessas coisas, mas, ora, se eu continuar aqui fazendo isso, aqui o estarei fazendo até o fim.

O voo de Roberto é magnífico. Eu, que às vezes o conheço, sei quando ele aterrissa. Uma vez por semana, Roberto se senta sozinho em um bar de que não gosta, mas onde ninguém sabe quem ele é. Pede qualquer bebida forte. Ele diz não beber, mas aquela sensação é diferente, o tempo para, ninguém o está vendo, nem ele mesmo.

Roberto deixa de existir nessa noite, a nave no solo, o silêncio lá dentro. Quando chega, a casa já está em silêncio. Silêncio fora e silêncio dentro. Não adianta conversar com ninguém, não adianta pensar, não adianta entender e não adianta adiantar.

Deita-se então na cama ainda com a roupa da rua e, dessa vez, dorme.

TUDO COMO DEVE SER

Na primeira vez que Matheus me venceu, levou ainda um tempo para eu entender o que houve. Depois, demorou para me localizar na conversa, eu estava distraído. O lugar começava a ficar barulhento e, tendo recém o conhecido, não entendia que naquela dinâmica alguém haveria de sobrepujar o outro. Só percebi quando me deu aquele sorriso caloroso, como quem acolhe uma criança que acabou de cair e a encoraja. Lembro-me de ter ficado despeitado, os pensamentos patinando, tentando compreender o que acontecia (e como chegamos até ali), enquanto Matheus sorria: xeque-mate!

Na segunda vez, consegui enxergar melhor seus movimentos. Ainda fiquei chateado porque precisei cair em sua armadilha de novo para enxergar melhor a situação. Para Matheus, uma conversa não é uma conversa a não ser que se encaminhe sistematicamente para um momento em que ele vence. Eu havia feito uma colocação corriqueira, irresponsável, e então vi a trilha. Matheus me puxa para um entendimento mais íntimo do que eu mesmo disse. Parece genuíno seu interesse no meu tema. Concordo em contar mais um pouco, dizer o que penso, por exemplo, sobre a arte.

— Arte pra mim é uma janela que o artista me abre para ver o mundo a partir de seus aposentos.

— Me conte mais.

— É como uma experiência psicodélica, e a alucinação é justamente a forma de o artista ver o mundo. Talvez eu não chegue lá sozinho, mas pela arte, com a ajuda do autor, chego lá.

Matheus muda o olhar. Traz uma expressão de pena. Será que eu disse algo ridículo? Me perdi no raciocínio? Fui ingênuo? Poucos segundos para ele montar sua coreografia de sobrancelhas, cheia de condescendência com o que está errado em mim e não faço a menor ideia do que é.

— Bem, se você vê assim, pode ser um privilégio, abençoado seja! — Matheus levanta a taça.

— E como você vê?

— Vejo que você tem um entusiasmo que te faz bem, é importante manter isso. Independente do que eu acho.

— Sei, mas, para você, como é?

— Que diferença faz? A arte cumpre tantos papéis e, em sua essência, pode atender à perspectiva de cada um sem precisar ferir suas crenças, não acha?

Aí está a armadilha: a palavra *crença*. Daqui pra frente, Matheus me empurrará para esse precipício, com prudência, candura. Chego a sentir que me faz um favor ao mostrar que tudo gira em torno daquilo em que eu creio e que, seja lá o que for, estou equivocado.

Essa foi a última vez que perdi para Matheus. A última também porque não joguei mais, não sei que jogo era, mas sei que Matheus é um profissional. Sequer somos amigos. Da primeira vez, caí por acidente naquela mesa, tínhamos um conhecido em comum. Da segunda vez, eu estava sozinho em um restaurante, aguardando outra pessoa, e aí ele chegou e se ofereceu para se sentar comigo.

De qualquer forma, já o encontrei por coincidência em outros momentos. Sempre aquele olhar generoso, atencioso, os interlocutores capturados por seus movimentos, nem muito agressivos nem muito recuados. Imagino-os voltando para casa com aquele gosto estranho de uma derrota imaterial, um mal-estar sem nome. Seja lá como suas crenças foram dobradas, a alma se desdobra de volta e elas retornam ao estado anterior. Já em Matheus, o gosto é outro. Durante seu jogo, ele se sente grandioso, não há alguém à altura de seus argumentos, o que é uma questão de lógica, e, estando do lado da lógica, o que restará? E então, estando a pessoa desarmada em sua frente, Matheus se perde. Não sabe o que vem depois disso. Viria um aplauso? Todos nós, que já fomos dobrados e redobrados como um origami às minúcias argumentativas de Matheus, deveríamos apoiá-lo? Nos transformaríamos, enfim, após sua performance espetacular?

Não sei dizer. Também porque minha experiência nesse caso não me mostrou para onde eu deveria ir, se é que eu deveria ir a algum lugar. Mais um exemplo: Matheus sentado numa roda de conhecidos, é aniversário de Caio, seu amigo de infância. A mulher da direita defende o feminismo; aproveitou várias ocasiões na noite para pontuar que ainda há muita violência e injustiça no mundo e que a mulher é uma das principais párias de toda violência existente. Os outros, todos, atentos a ela e a ele.

Matheus começa concordando, ganha tempo, no limite da impaciência de sua audiência, e então solta um MAS. A adversativa tem seu poder, mas o tom de voz, o olhar, de novo aquela condescendência, como se "pai, perdoa-lhes, eles não sabem o que fazem", parecem virar o jogo. Para Matheus, mais um ace. A mulher se irrita, ainda não consegue conectar o sentimento às palavras, agride Matheus pessoalmente, chama-o de porco machista, mas o juiz já apitou, e Matheus levanta a taça.

Lembro-me dos economistas, dos jornalistas econômicos, das sabatinas presidenciais, governamentais, seja lá para que cargo for, o jogo pelo jogo. Todos ali julgam que a figura sabatinada é um fantoche de forças invisíveis. Mas, ainda assim, jogam, deleitam-se com a performance de seus papéis, dão seu melhor. Ninguém sai de uma mesa dessas com algo útil, mas sim com um vácuo, atormentados pelo "espírito da escada". Os franceses dizem que, quando perdemos uma discussão, ao ir embora, descendo a escada, descobrimos o que deveríamos ter dito. Isso gera uma vergonha e uma raiva, um ressentimento pela perda da oportunidade de responder a algo que (naquele momento, sem saber como) sentíamos não ser o correto. Matheus é o rei da escada. Diariamente, joga diversas pessoas nessa teia de escadas infinitas, uma fila de gente descendo a escada e pensando no que poderia ter dito. Sua mulher, sua amante, seus filhos, subalternos no trabalho. Ninguém escapa. Matheus triunfa.

Me pergunto o que o lançaria à escada. Hoje, quando esbarro nele na rua, aceno de longe. Dou um sorriso sincero, prefiro aceitar minha derrota. Como Darcy diria, perdi; não gostaria de estar do lado de quem venceu. Matheus parece ainda insaciável. Minhas derrotas do passado não foram o suficiente, como seriam?

Não sei. Sei que aprendi muito. Hoje, quando venço alguém sem querer (nesse jogo ainda sem nome), logo me lembro de Matheus e peço desculpas. Me envergonho com essas vitórias, principalmente porque não sei o que ganho e porque não sei o que o outro perde com isso. Resgato ainda minha última derrota, uma lembrança que também me ensinou muito. Falávamos de mudar o mundo (sim, quantas vezes esse tema). Matheus me empurrou para minha crença. Confesso-a aqui: creio que, ainda que o Mundo, com M maiúsculo, não mude, há que se mudar o mundo, sim, o menor, à nossa volta. Para ele, é crença, supõe que eu me creia onipotente, ou impotente, qualquer coisa que me dê vontade de mudar. Cita a macroeconomia, as leis, os mercados, os juristas, os tribunais, a mídia, todos comprados, tudo organizado. Tudo já existe antes de nós, como mudar? Não sei, respondo, já atormentado pela minha ignorância. Já havia perdido: o Mundo não mudará.

Mas acabo vomitando: você, Matheus, acredita então que, se tudo é hoje como sempre foi, e assim ficará, já que há forças mais poderosas que todos nós mantendo isso, então nada resta a ser feito? Matheus dá de ombros, sorridente. Faz parecer que já estávamos de acordo, só eu que ainda não sabia. Então, continuo, se é assim, por que você desejaria me mudar?

Sabia que havia perdido, que tudo a partir dali seria escada e ressentimento. Mas, naquele momento, vi por alguns segundos o brilho dele se apagar.

MÃE DE TUDO

É cedo e Maria já anda pela casa. Seus pés, há muito acostumados a fazer silêncio para não acordar os meninos nem o marido antes do necessário. Ela desliza pela quietude da casa; pegar coisas, guardar coisas, tudo com uma mansidão elegante, ela como extensão daquele lar, ou este uma parte de seu corpo.

Gasta uns momentos na janela. Fileiras de prédios quase alinhados, quase ordinários. Carros estacionados. Aquela cor de madrugada refletida nos olhos. Uma lágrima escorre. Ainda não sei o que é. Maria a limpa. A chama canta no fogão esquentando a água, ovo fritando, queijo, pão, manteiga. Orgulha-se calada dos barulhos que não faz. Barulhos, como objetos pontiagudos, ocupam um espaço indevido em seus ouvidos.

Um a um, ela vai acordando a família de homens. Dois adolescentes e o marido. Acostumados com seu jeito, sabem que o toque nas mãos e o beijo no rosto são o máximo de sinal que lhes será dado, avisando que o dia iniciou. Ela ocupa, ainda que graciosa, todos os cômodos ao mesmo tempo. Coloca uma meia no lugar, um prato de volta ao armário. Olhos pretos abrem, piscam. Se bocejassem, bocejariam.

Ainda alguma confusão ao levantar-se. Muitas bocas, poucas pias. Os homens fazem barulho. Deixam as coisas caírem, tropeçam, impacientam-se entre si. Tudo o que precisam fazer é cuidar de si próprios até saírem de casa. Maria suspira, o corpo deslocado, sem pertencer àquela cena. Mas vive esse conflito de, na prática, pertencer. Pertencer a seu bairro, sua vida, seus prazeres. Ela vem de uma linhagem de lares comandados por mulheres. Maria se comunica, as pessoas não a ouvem. Vai visitar o irmão, Luiz, no café onde ele trabalha. Acredita preocupar-se mais com Luiz do que ele mesmo. No caminho, no carro que nunca bateu, sonha acordada com desastres no trânsito.

Estudou tanto, se moveu tanto, que se descolou da realidade. O emprego de Maria daqui foi resultado de uma transferência de quando trabalhava no estrangeiro. Foi para servir pratos, daí passou a faxinar casas. Com o tempo virou secretária e, ao fim de seis anos, era gerente numa empresa de medicamentos. As amigas dizem que teve sorte, Maria sabe o pão que o diabo lhe serviu naqueles seis anos. Sempre invisível, trabalhando obsessivamente. Foi escada para inúmeros nativos alcançarem seus objetivos, aprendeu a língua, aprendeu também que, se não resolvesse sozinha, não teria quem resolvesse para ela.

Hoje, olhando para trás, as imagens começam a se dissolver. Dá mais trabalho reviver os sentimentos que teve. Só sabe que não sai do país de novo. Sua casa hoje é seu país, um país onde ela cuida de tudo e onde todo mundo vale da mesma forma. Maria, a presidente daquele lar, se ocupa de manter a paz e prestar serviços básicos sempre no mesmo nível de qualidade e em tempo integral. Ela, em si, não tem um presidente. Quando sofre, o faz quieta, nos raros instantes em que está sozinha em casa. No mais, grande parte do tempo de Maria é ocupado em salvamentos.

Vê as pessoas à volta como acidentes ambulantes. No trabalho, a colega de gerência está sempre doente, à beira do colapso, clama pelos serviços humanitários de Maria periodicamente. Os chefes lhe tratam com cordialidade. Ela sabe que trabalha mais que os outros, mas não sabe pontuar isso. Os chefes testemunham e, acredito, também sabem que ela sabe. Mas... ah, ela não disse nada ainda...

Maria chega em casa com as crias. Pegou os meninos no colégio e, no caminho pra casa, perguntou sobre cada um. O mais velho está virando homem, trocando de voz. Será um homem lindo, forte, mas com um olhar carinhoso. O mais novo, com quem às vezes se confidencia, é um pouco estranho. Gordinho, irritadiço, sensível a tudo o que acontece à sua volta. Parece que nada sai do seu radar. "Vai ser parecido comigo?"

Enquanto ela prepara o jantar, a mãe telefona, quer desabafar. Maria ouve e vai servindo a comida para os meninos. Carlos chega nessa hora, dá um beijo nela, afaga os filhos. Oferece alguma ajuda na cozinha, ela recusa. Findo o telefonema, comer, saber como foi o dia do marido, conciliar os meninos brigando à mesa.

Já lavando a louça, a casa quieta, ela percebe uma coisa diferente. Como uma caixa de som ligada, um sinal, um incômodo, sem imagem, sem um sentimento específico. Como se houvesse alguém dentro de si, lá no fundo, e a olhasse com reprovação. Interrompe a louça, olha em volta: a cozinha vazia. Os meninos na fila do banho, Carlos assiste ao jornal. Mas a "coisa" está lá dentro.

Terá dado uma resposta atravessada à mãe? Deixado de fazer alguma tarefa no trabalho? Em sua longa lista de obrigações, foi negligente? A louça pune. Enquanto não acaba, aquele sentimento persiste, vai ficando maior. O exame de Maria é minucioso, mas seu radar não captura o problema.

Depois da louça, ainda restam algumas rotinas: encher a chaleira para amanhã, estender a roupa, tomar banho, passar creme, desligar o videogame dos meninos. Tudo está no lugar. Chega à cama já derrotada. Carlos alisa sua cintura. Ela está cansada, mas não o suficiente para não se excitar. Abre seu corpo ao toque do marido, que a acaricia. Arranca um beijo dele. Carlos não gosta de beijar. Maria, sim. O sexo é bom, mas dura menos do que ela gostaria. Carlos vai ao banheiro, volta e dorme. Maria se vira para o lado, o sinal estranho ainda está lá. Em silêncio, se toca lentamente, até gozar, e depois dorme também.

Não é difícil ponderar que muitos dos dias de Maria acontecem da mesma forma. Não é incomum que pessoas da idade dela se deem por satisfeitas com a rotina, e que esses ciclos sejam indício de vida feliz. Mas lá está aquele sinal estranho. Já tem umas semanas que não desliga, que trabalha em plano de fundo enquanto ela prepara o café, que estraga seus silêncios, sua visita ao irmão, a conversa com os meninos na volta para casa.

É como se a Maria com sinal fosse menos Maria. Como se alguém, numa outra dimensão, estivesse tentando se comunicar com ela e Maria não conseguisse mais fluir, nem realizar seu balé, e aquela transa incompleta com o marido fosse mais grave do que costumava ser.

O resultado é uma Maria mais impaciente. Acorda uma hora antes do normal, fica sentada no sofá tomando café sozinha, encarando a parede da sala. Mais seca, chama os meninos uma vez só, sem toque. Corta a amiga chata no trabalho antes que lhe peça um favor, bufa, chama o marido lá na sala para lavar os pratos enquanto ela estende a roupa. Se fosse apenas essa perturbação, Maria já estaria aflita. Mas também tem a culpa, e um rebote da culpa, quando sente que tem razão; e um rebote da razão quando sente que não tem razão e, na verdade, tudo é culpa desse sinal estranho que não desliga e a perturba vinte e quatro horas.

Hoje ela não foi buscar os filhos. Mandou o marido se virar, disse que estava com dor de cabeça. Mas era o sinal. Veio mais cedo para casa para se entender consigo mesma, não tem com quem conversar a respeito. Tentou tocar no assunto com o marido, quis saber se ele já tinha passado por isso: nada. Carlos ficou preocupado, se ofereceu para ajudar, quis saber como. Ora, mas, se não passou por isso, não vai saber ajudar.

Chegando ao portão do prédio, ouve um grito de criança. De súbito, imagina que pode ser um de seus garotos. Obviamente que não, ainda estariam saindo da escola, mas corre mesmo assim para saber do que se trata. O coração na boca, o sinal em alto volume pulsando nos ouvidos, se materializando fisicamente no corpo.

Vira a esquina do prédio, e um menino chora. Muito menor do que qualquer um de seus filhos, deve ter uns sete anos. Sente um aperto no peito, corre para perto dele, pega seus braços com carinho e pergunta o que aconteceu. Chorando, aquele menino loiro conta que o cachorro o mordeu. Só então ela se dá conta de que havia um cachorro ali, olha para o cachorro, acuado perto de uma pilastra, o animal sangra pelo ânus e rosna, e é como se chorasse, como se chorasse por não poder mais do que apenas doer.

— O que você fez?

— Nada, eu só queria ver o que acontecia... — diz o menino loiro.

Maria empalidece. O sangue some do corpo, sente as pernas formigarem, aquela visão do cão desesperado, sangrando pelo cu, a transfere diretamente para uma caldeira de desespero em que o sinal em sua cabeça passa a ocupar todo o seu corpo com violência. Levanta sua mão ainda hesitante e desce com força nas bochechas rosadas do menino. O garoto grita novamente e começa a chorar. Maria olha mais uma vez para o cachorro, como ele foi capaz?

A dor do cão vibrando em seu corpo, um sentimento pujante; como se nada no mundo devesse existir. Volta a erguer a mão para o menino que chora, e ele se cala. Maria mira dentro dos olhos do menino.

— Por que você fez isso?

O menino cristaliza. A mão de Maria ainda erguida no ar. Recua e vai para casa, deixa tudo para trás. Sente nojo. Lembra-se do passado limpando vasos, dos filhos das pessoas jogando tudo no chão. Lembra-se dos chefes, da colega de trabalho, do marido, da mãe. A vertigem domina a cabeça, que se descola do corpo, que parece soltar os membros, como um boneco se despedaçando. O sinal buzina nos ouvidos, as têmporas vibrando.

Sentada no sofá, nada parece servir, atenuar aquela energia. Sorte que ela não tem uma arma nas mãos neste fim de tarde. Chega Carlos com as crianças. Maria vai para o banheiro tomar banho, diz que está passando mal. Carlos diz que cuida do jantar, da louça. Sente um calafrio ao cruzar com a esposa no corredor. No quarto, o silêncio de Maria hoje é completamente diferente.

Parte II

1. O JOGO DO ***** COLETIVO MÚTUO

Sim, é estranho começar um capítulo com um nome tão indefinido. Mas o título que cogitei inicialmente não faria bem nem a você, nem a mim, nem aos editores. Mas cogitar faz parte da arte, e esse caminho me trouxe até aqui: ao invés de compartilhar com você uma certeza equivocada, vou lhe trazer uma dúvida.

O dilema reside entre escolher, dentre o rol de palavras possíveis, uma que seja amena demais, prezando pelo conforto de quem lê, e simplesmente não dizer o que precisava; ou, por outro lado, optar por uma palavra catastroficamente danosa, que se aproxima mais do jogo que vou descrever, e perder você antes mesmo de abrirmos a janela para esta ideia.

Se formos examinar alternativas, "abuso" tem mais a ver com "mau uso", mau uso do "poder", por exemplo. E não é disso que estou falando. "Violação" parece bom. Mas consegue-se violar fechaduras, ou regras, ou leis. Ou um lacre. E quando o lacre está violado, a entrega se torna inválida. Difícil pensar assim quando se refere a pessoas. A outra palavra que pensei designa diretamente uma violação da vida. E ainda, uma violação que envolve uma derrota ainda mais trágica e sutil: a derrota do nosso espírito.

Ou seja, um aniquilamento em que ficamos estupefatos, e há um depois que ecoa na alma por sabe-se lá quanto tempo. Foi tão grave, tão inesperada, tão inexplicável a violência, que nos gerou estupor. Um esmagamento acontecido sobre uma impotência, uma incapacidade de reação, que vai proliferando suas marcas e então... Consegue ver? Se há um termo adequado para isso de que estamos falando, a essa altura não o encontrei.

Outro problema é o de usar erroneamente uma palavra que suscita uma imagem que parece sexo, mas não é. E ainda traz uma carga tremenda de ódio, de uma força que fratura e desumaniza, em especial e muitíssimo mais, as mulheres, embora não apenas elas. Mais do que sabemos e mais do que gostaríamos de admitir. Mas isso está por aí, nas casas, nas festas, nos bares, no escuro, à luz do dia, entre estranhos e entre familiares. E é aqui o que nos importa, o jogo de que estou falando tem um padrão muito similar, só que acontece fora da dimensão física e atinge, agora sim, indiscriminadamente a todos.

Por exemplo, quando uma manipulação profunda e inescapável nos rouba de nós mesmos, e só percebemos (se muito) anos mais tarde, sem entender que se tratava de uma silenciosa devastação da nossa confiança. Ou quando somos punidos com base em uma mentira. Ou quando somos coagidos a tomar decisões em detrimento de nosso bem-estar, da nossa paz, de nossa integridade, por sejam quais forem as forças. Ou ainda quando nossa inocência é usada como via para recebermos todo o desprezo, a agressão e o desamor que há dentro do outro.

Existe uma outra palavra que não seja esta, que tem reflexos e dimensões tão avassaladoras, a ponto de ser banida dos nossos dias? Deixada apenas aos noticiários, esses sedentos por sangue e más notícias, para pronunciá-la, aí, sim, com a boca cheia, com a expectativa de nos manter dissociados, mansos, encarcerados em casa, como se casa fosse naturalmente um lugar a salvo para não nos tornarmos vítimas.

Vamos focar um pouco mais: toda violência (do corpo ou do espírito) brota antes no coração. E para ela se enraizar ali, alguma estupefação se plantou, nos tirou a capacidade de "doer" junto com o outro e, nos limites mais obscuros, permite até que alguém se encha de energia com a destruição da vida alheia.

É de se investigar esse fenômeno sob o qual vivemos, em que grande parte do que não se pode dizer ocupa tanto das nossas vidas. Dá a impressão de que este território de nossa linguagem tenha sido interditado por uma profunda compaixão pelos que sofrem. Um entendimento de que devemos dar paz aos que já foram feridos, desmantelados, e de que o silêncio é um ato de caridade e de respeito. Mas não. Convenhamos. A falta de palavras, muitas vezes, é um dos principais arrasadores da paz. Não que a tagarelice vá nos ajudar a reconstruir alguém do esmagamento. Mas precisamos de vocabulário para imaginar: é da imaginação que se renasce.

Mesmo sem um nome, essas coisas estão aí onipresentes, quer queiramos falar delas, quer não. No trabalho, escondidas nos segredos de família, nos lugares mais inacreditáveis, de onde nunca se esperaria vir, lá elas estão, e em silêncio.

Quantos de nós carregamos calados os efeitos de um sofrimento implacável, talvez para a vida toda. Sem perceber o que aconteceu, sem ver sua física tomar, pouco a pouco, nossos corações e mentes. Talvez sem nunca conhecermos aqueles que seríamos por trás desse véu de dor, culpa e silêncio... sempre o silêncio.

Diz muito sobre o que chamamos sociedade haver nomes para alguns atos tão arrasadores, e não termos ainda criado nomes específicos para desfazê-los. Palavras nascem de escolhas, e dão corpo às ideias. E é aqui que isso me importa. Por exemplo: "reconstrução" é muito longe, não representa bem um contraponto, porque não nomeia o malfeito a ser desfeito. Cura, talvez? A cura chega depois. Antes dela há muito trabalho a se realizar, muita vontade e reconhecimento das próprias feridas. Há que lambê-las, tratá-las e entendê-las profundamente antes de alguma cura aparecer. Daí a origem da minha confusão. Como encontrar uma palavra, uma ideia, que se proponha a devolver à árvore o galho arrancado. É possível?

Uma hipótese: olhar por trás do ato, examinar a terra de onde nasce essa planta venenosa, ver por dentro do gesto que expulsa o outro de si. E para isso, vamos recomeçar, agora mais atentos.

Estou numa faixa de pedestres aguardando minha vez de atravessar. Em alguns lugares do país onde vivo, uma faixa de pedestres é uma sugestão de que ali, havendo acordo mútuo, para-se o carro e segue o pedestre. É o acordo que mantém a faixa viva, e não a faixa que se banca sozinha. A faixa, bem ou mal, é o melhor a que chegamos como exemplo de convívio no trânsito, reconhecido pela sociedade, implementado pelo governo e protegido pela lei.

Aqui, esperar numa faixa às vezes soa como um sinal de civilidade. Nos momentos raros em que o pedestre realmente espera e o motorista realmente para, celebra-se um encontro. Apesar de reconhecer a importância desse milagre, normalmente espero até os carros pararem. A desconfiança na atenção das pessoas me impele a, antes de tudo, acreditar apenas no carro parado, nunca no carro parando.

E lá estou parado e um rapaz, despreocupado, com um belo fone de ouvido, se alinha ao meu lado. Roupas novas, formidáveis. Ele, confiante, com um celular nas mãos. Seu corpo pulsa uma impaciência. Vamos apenas olhar com atenção a cena. Ali, dobrando a esquina, vem um carro grande, com uma inércia maior do que a dos carros populares. É novo, brilhoso e desloca-se com opulência.

Confesso que, à velocidade que o carro vinha, não saberia dizer se de fato estava prestes a parar ou apenas em movimento. Como não confio em carro "parando", não me movo. Meu jovem companheiro de faixa anda. Ambos colidem. Pela desproporção entre as massas nessa colisão, é verdadeiro dizer que o SUV atropelou nosso rapaz. Mas vou exercitar dizer "colidem" baseado no seguinte raciocínio: eu vi o rosto do rapaz, e vi a expressão da pessoa dentro do carro. E diria que, se trocássemos os dois de posição, a colisão ainda assim teria ocorrido.

Corro para oferecer alguma ajuda. Foi só um susto. Está tudo bem. O rapaz me olha feio, como se fosse culpa minha. Não. Eu estava ali atrás, em pé ao seu lado. Checo se está bem. Apenas acena que sim, me encarando com fúria. Há uma força ali lhe pedindo uma retaliação e indicando que no momento sou a opção mais próxima. Algumas pessoas se aproximam; nem tão perto, para serem capazes de ir embora sem dar maiores explicações; nem tão longe, para não perderem nada do show. O dono do carro desce irritado — vejo que é Matheus. Agitado, não me reconhece. No caminho até o atropelado, vai se refazendo emocionalmente em busca de algum espírito de conciliação. Começa a conversa com o pedestre já do ponto de vista de que ele, o rapaz, errou e que precisa tomar mais cuidado da próxima vez. Este não compra o argumento, deixa claro que "faixa de pedestre é pra parar e que essa é a lei. E que na rua se respeita o mais fraco. Que um carro daquele tamanho deve ter um freio muito bom, e que o sinal da faixa também deveria estar bem evidente". Não há consenso entre os dois, a troca de argumentos começa a virar um bate-boca, e me afasto.

Tenho minhas dúvidas se essas duas opções explicam o que aconteceu. Desconfio se as nossas colisões se resumem apenas a um conflito entre visões de mundo, ou à pura malevolência. Algo mais primitivo e mais complexo talvez resida por trás disso. Às vezes, por distração ou condicionamento, vemos intenção apenas na ação do outro. Como se todos soubessem o que estão fazendo o tempo inteiro. E daí, se estivermos no papel de "dentro do carro", quando questionados, recorremos à versão de que foi tudo um acidente, e de que aquilo não fala por nós.

Sim, falar por nós, não fala. Mas a origem desses "acidentes" está por aí, fabricando colisões de todos os tipos. Até isso acontecer, estamos apenas vagando, estupefatos com o que foi feito da nossa vida. E, com as redes sociais, parece que os brinquedos da sociedade avançaram um pouco mais. A avalanche de informações é formidável e ubíqua, mas não acidental. Visões ambivalentes, apontando em todas as direções, capturando e atordoando a todos. Agora tudo é verdade. Em dez minutos rolando uma linha do tempo de redes sociais, sou assaltado por diversos sentimentos, do ódio à ternura; do amor e da esperança ao sufocamento, à depressão, à falta de perspectivas. Quando me dou conta desse carrossel, o interrompo. Preciso parar. O mundo real está aí, cheio de faixas de pedestres e, se eu não paro e o outro não para, já sabemos.

Numa dessas rolagens, sobe a matéria sobre o atropelado. "É um absurdo as pessoas não pararem nas faixas, a que ponto estamos chegando, eu estava aguardando minha vez de atravessar e, quando fui cruzar a rua, fui surpreendido por esse SUV imensa, em alta velocidade, que não viu a faixa de pedestres e o cara ainda acusou a mim de não respeitar". Rolando o conteúdo lá na frente, durante o dia ainda, encontro também uma postagem de Matheus: "É claro que a faixa importa, sou ciclista, pai, marido, e pra mim o ser humano é prioridade, mas acidentes acontecem e existem leis de trânsito para isso, e ainda fui prestar socorro e fui atacado, xingado, a que ponto estamos chegando...".

Percebe uma coisa incomum? Quando não somos nós a fazer, e sim o outro, o fato é repugnante, repleto de culpa. Quando nós o praticamos, foi culpa do improvável, das circunstâncias, que nos levaram ao deslize. E quando o deslize se normaliza e interrompe o outro? E quando somos, por um outro, interrompidos? O que fazemos?

Rolemos a linha do tempo mais abaixo, mais uma de um presidente, mais uma de um senador, mais uma da câmara. E agora um anúncio de bolsa, umas cenas de guerra, um novo smartphone, alguns corpos seminus na praia com frases de efeito. Sim, tem tudo a ver estar seminu numa cena tropical com fazer reflexões filosóficas. Estamos num mar de atualizações que não nos dá direção. E ao mesmo tempo, só há um destino: a estupefação. Não bastassem as violações diárias a que submetemos uns aos outros, criaram um palco grande, com bilhões de espectadores, para assisti-las, apoiá-las e fazer compras no intervalo.

De todas as notícias, as do presidente me chamam atenção. Paro um pouco pra pensar, há uma noção estranha de que "o presidente deveria zelar por nós". Mas nós, quem? Nós, na faixa de pedestre, ou nós, dentro do SUV? Por ambos? Volto ao presidente, que, lendo bem a notícia, encontra-se num impasse: sua última decisão, tomada "supostamente" em prol da nação dele, é um assunto polêmico, sobre o qual a própria nação não entra em acordo, mas que (a imprensa noticia dando a impressão de que "é de interesse público") também é de inteira responsabilidade do presidente. A foto dele é ambígua, tem um sorriso esgarçado, os olhos estão caídos, murchos, parece que a pele do rosto não consegue comportar a mistura de intenções ali ensaiadas.

Mistura de emoções sinto eu ao ler a notícia, e ao reler. Não consigo compreender o que realmente o texto quer dizer. Se olhar por um lado, entendo que essa decisão do presidente é inadiável, inevitável, e que afetará a todos. Mas, por outro lado, parece que muitos vão sofrer, inclusive pessoas que votaram nele, e, se bem me lembro, no histórico dessas decisões, quando os muitos começam a sofrer, não há resgate, as serras deslizam, a mata incendeia, os rios inundam, há tiros nas ruas, nem sequer um atropelamento numa faixa de pedestre tem alguma assistência imediata ou atenta.

Ainda relendo, tenho a impressão de que o veículo que noticiou isso também acredita que o presidente não tem total amparo no que está fazendo, que nos últimos tempos tem tomado decisões questionáveis, que sua popularidade está caindo... enfim, me sinto desamparado. Se somarmos todas as informações: parece que o presidente não sabe o que está fazendo, mas, seja lá o que fizer, é inevitável. E que o meio de comunicação está ali apenas para me dar a má notícia, e que azar o meu, o seu e o do presidente.

Que admirável é a habilidade de quem produz conteúdos assim. Fico imaginando o esforço mental, o trabalho que dá produzir um conteúdo que, antes de qualquer outra coisa, nos atordoa. Às vezes tento fazer isso com um amigo, só pra ver como é, e não consigo. Não consigo escapar de informá-lo, de trazer meu ponto de vista. Talvez porque, quando estou cara a cara, minha intenção esteja nua. Um ouvido mais cuidadoso vai perceber o que estou pretendendo, e aí sou flagrado. Penso em como seria se os jornalistas precisassem dar as notícias cara a cara para as pessoas. Bater à porta de algum de seus leitores e, quando este abrir, declamar: "Para associação de caminhoneiros, reajuste do diesel elevou a tensão". Me imagino perguntando: "quais caminhoneiros?", "o que você, jornalista, acha do reajuste do diesel?", "por que há essa tensão? O que podemos fazer para ajudar os caminhoneiros e o povo a ter menos tensões?". Não sei se faria sentido para o jornalista, mas para mim as tensões merecem ser atenuadas, discutidas, ouvir os lados e mediar o conflito até haver algum tipo de acordo. A sociedade ainda vive sob acordos, do contrário vale o atropelamento diário.

Pode parecer que estou tentando lhe despistar, mas não é o caso. Olhemos bem para a faixa de pedestre, para as redes sociais e suas "linhas do tempo", e os produtos as escalando, os governos sequestrados por quem senta em nossas cabeças, para as "notícias", para as casas em todos os bairros, onde as pessoas (dia e noite, por dias e por noites) são violadas e afundam em si mesmas, depois afundam as demais e, de repente, somos nós atropelando, ou sendo atropelados. Vítimas de vítimas. Uma dinâmica difícil de ler e, talvez por isso, ainda faltem palavras. E daí para virar um jogo, um jogo de todos contra todos, é um passo. Jogamos sem ver, e para vencer. Não sabemos o que estamos ganhando, mas o preço da derrota está por aí, por todos os lados.

Chegando até aqui, admito que o título inicial não faz mais sentido. Um desperdício se apegar ao dano. Olhe à sua volta, para as pessoas que se apegam ao dano. O que você vê? Agora me ocorreu uma outra ideia para o nome desse capítulo. Como eu ia dizendo...

2.

Normalmente, Roberto chega ao trabalho entre sete e meia e oito da manhã. Alega ter problemas com o trânsito, precisar buscar os filhos na escola e diz que a mulher tem uma doença crônica; e por isso é preciso sair mais cedo pela tarde, ali entre quatro e meia e cinco. Há alguns anos conseguiu essa liberdade. Para o chefe, pouco importa a explicação, Roberto costuma resolver as próprias tarefas e, chegando mais cedo, pega algumas das que o chefe ficou com preguiça de endereçar no dia anterior, daí, sem cerimônia, mais ou menos às cinco horas, encaminha para o e-mail de Roberto, como um lembrete de que precisa pagar seus privilégios fazendo esses favores.

A esposa de Roberto sabe do acerto e sabe também que não tem nenhuma doença crônica, mas gosta muito de que o marido busque a cria na escola e de tê-los em casa antes do anoitecer. Isso tem um custo matinal, pois Roberto acorda muito cedo, e um custo emocional, pois ela vê uma angústia em seu rosto que pode estar relacionada ao arranjo.

Para Roberto, o foco é voltar para casa o quanto antes. Depois do almoço, as pessoas chegam para o segundo turno muito dispostas a conversar. Se apenas a conversa delas incomodasse, já seria difícil. Mas há pessoas, como Maristela, que vêm até a mesa de Roberto para falar sobre todas as coisas. Seu sorriso receptivo, uma voz entusiasmada, calorosa, arrombam as defesas de Roberto com diálogos infinitos, informações que ele não quer saber, perguntas indiscretas, causos. Sua única resposta é pedir licença e ir encher seus copos d'água, deixar Maristela rindo, falando sozinha, seguindo-o com a cabeça enquanto ele some no fim da sala rumo ao corredor. Já houve ocasião em que Roberto pegou quatro copos diferentes para encher. Trouxe chá, café, água e suco para si ao final de vinte minutos. Maristela parecia decidida a conversar naquele dia.

É uma de suas últimas lembranças de Maristela, inclusive, aquela figura amigável, sem tempo ruim. Sempre fazendo favores a todos, conciliando conflitos que não lhe diziam respeito, trazia uma sabedoria de sua família do interior, um causo grande com uma moral nebulosa da história, que ninguém queria saber, chegando a ponto de a ignorarem à queima-roupa e só a procurarem para pedir favor, ao que Maristela atendia prontamente, aceitando aquela demanda de pilhagem, uma violação, como a única chance de ter uma interação com alguém, ainda que negativa, ainda que predatória, uma interação.

Para evitar Maristela e outros colegas do trabalho, Roberto chegava bem cedo, fazia seu primeiro ciclo em velocidade de cruzeiro, no silêncio, sem interrupções. Deixava tudo pronto, mas só entregava quando pediam, assim ninguém saberia sua real velocidade de produção e ele mantinha o nível de exploração de sua competência numa barreira saudável.

Também por sair mais cedo de casa, e talvez só por isso, Roberto presencia um acidente na rua hoje. Está passando de carro por uma faixa de pedestres. O rapaz vem da outra via quando começa a caminhar e é atropelado por um SUV novinho, majestoso. Desce do carro um homem com um terno bem cortado, cabelo à altura dos ombros, elegante, com um ar de impaciência. Ambos altercam, as pessoas se juntam em volta da cena. Roberto, que recém deixou o filho na escola, acelera e vai embora. Pelo retrovisor, vê o resto da briga, os carros atrás de si todos parados, testemunhando o desencontro de espíritos na faixa de pedestre.

Esse gatilho é suficiente para seus óculos de ver o mundo mudarem e começarem a ver as fraturas de tudo no caminho para o trabalho. É tudo ruína, a gente não sabe construir nada aqui, os prédios rachados, destruídos, o pouco de lei que nos faz avançar é devorado por tudo o que falta, e falta pra todos, até pra quem acha que tem muito, e de que adianta uma droga dum carro gigante desses numa rua destruída, sem humanidade para dirigir, sem nada, a quem queremos enganar? E quem testemunha isso? Quem manda nessa falta toda? Porque, se manda, não é possível que se sinta parte desta droga, nós somos aranhas brigando numa jaula de vidro, com outras aranhas apostando do lado de fora. Os primeiros voos de Roberto, dessa vez, começam cedo.

Já sentado na cadeira do escritório, Roberto tenta se concentrar para avançar nos relatórios antes dos colegas chegarem, hoje está especialmente difícil. A todo momento vêm imagens das expressões dos dois envolvidos no acidente, das caras das pessoas, todas como num quadro de Goya, exalando descrença, deboche e bufonaria.

Hoje vai ser um dia daqueles, antecipa. Vai dando nove horas e as pessoas começam a chegar, já se ouve a voz da Maristela saudando as faxineiras na entrada do escritório. Se ela soubesse que ninguém se importa, pensa. Que ideia brilhante a dos Recursos Humanos, contratar pessoas dóceis para servir e aves de rapina para mandar, e aí temos uma masmorra perfeita, onde somos parasitados e obrigados a conviver uns com os outros para manter o empate nas nossas contas, ninguém vai sair desse empate sem parasitar alguém, e eu não vou parasitar ninguém. Se eu sair daqui até as quatro horas, posso me poupar pelo menos da Maristela.

Mas não conseguiu, Maristela chegou sorridente e foi direto para a mesa de Roberto dar bom-dia. Recebeu um olhar de desespero do colega.

— Oi, querido, bom dia!

— Oi, Maristela, bom dia.

— Como você tá?

— Estou bem.

— Que ótimo! A gente precisa de mais gente assim, que chega cedo, que move o país!

— Ah, é, com certeza.

— Eu também cheguei cedo, fui buscar o resultado de um exame. Cê sabe que vai passando a idade e a gente tem que checar tudo, cuidar de tudo! Como tá sua saúde?

— Olha... eu não tenho visto nada a...

— Pois tem que ver, imagina! Já pensou!? Um homem desse, bonito, com uma família linda, tem que estar tinindo de saúde...

Roberto gostaria de saber qual resposta calaria Maristela, o que seria possível fazer para neutralizar aquela interrupção dela que colocou uma rocha entre ele e o fechamento de mais um relatório. Na ausência de alternativas: encher os copos.

Do corredor, observa outras pessoas chegando, enrola mais um pouco para ver se ouve a voz da Maristela alegrando os demais colegas, nada. Decide descer um pouco e, sentado à porta do prédio, um condomínio no meio de uma área verde, de frente para um lago, Roberto contempla a paisagem. Queria gostar daquilo, ser capaz de tirar prazer daquela beleza toda diante de seus olhos. Sente que Maristela o aguarda na subida de volta. Todos o aguardam, todos aqueles personagens das Loucuras Anunciadas vão estar presentes, sempre, até o último dos dias. Maristela não percebe que é violada diariamente por todos, ou percebe, mas não quer perceber. Não percebendo, vem à minha mesa me violar sistematicamente, porque eu não a violo, e essa violação vai passando de mão em mão, as pessoas a levam nas bolsas, do trabalho para a casa, violam seus familiares, frontal ou sorrateiramente, e a violação continua quando ligam a TV, ou quando decidem que hoje é dia de ir ao bar, narrar suas violações e as dos outros, a dos chefes, que por sua vez não escapam das violações de seus próprios chefes também. Já se ouvem as hélices do helicóptero de Roberto. Mas o dia vai correr, o trabalho precisa andar, e Roberto sobe. Subindo, chega à sala e se depara com um silêncio absoluto. Observa de canto de olho Maristela, calada, perdida, os cantos dos olhos úmidos. Deve ter havido alguma discussão.

No almoço, Roberto desce até a cantina e compra qualquer coisa para engolir rápido e voltar à execução; o incidente de hoje, no trânsito, o perturbou, e, apesar de faltar pouco para entrar no ritmo, corre o risco de precisar ficar mais tempo no trabalho. Volta à sala rápido, sala vazia, só Maristela ao fundo, atrás da baia, teclando furiosamente em seu laptop. Ao sentar-se, ele percebe que ela lhe escreve. No mensageiro da empresa, "Maristela está digitando..." aparece e some várias vezes. Roberto abre o relatório, respira fundo e continua o trabalho. Está decidido a finalizá-lo, bem ou não, em tempo de sumir daquele ambiente às dezesseis, precisa muito disso.

Toca o mensageiro. Realmente Maristela estava escrevendo, era de se imaginar uma mensagem imensa, explicando o ocorrido da manhã, quem a destratou, quem fez o quê com quem que a deixou daquele jeito. Mas não.

"Roberto, pode falar um pouco? Estou com um problema. Você se incomoda de me dar uns minutos?"

"Claro, agora? Vamos lá."

Dessa vez há consentimento, dessa vez não é atropelado pela colega. Roberto, já sem a esperança de terminar o trabalho a tempo, se levanta e vai até a mesa de Maristela, que pede para ir ao jardim. Ambos se sentam sob umas árvores, um pouco à frente da entrada do prédio. Observam o lago.

— É tudo tão lindo aqui, Roberto, esse escritório tem o melhor terreno da cidade, olha essa natureza, esse lago, essa brisa.

— Pois é... muito bonito.

— Roberto, eu tô com medo. Parece que eu tô com... câncer de mama.

— Nossa, Maristela, sinto muito, é certeza?

— É, sim, o médico é meu amigo, era uma suspeita, mas agora não tem mais dúvida.

— Mas você parecia tão bem hoje cedo...

— Eu não queria incomodar ninguém, mas não estou conseguindo, eu não tenho ninguém, Roberto, minha irmã mal fala comigo, eu não quero contar pra ela.

— Mas e seus amigos?

— Quem?

— Você é tão...

— Tão?

— Tão aberta, deve ter muitos amigos, não é?

— Bem, tem o pessoal aqui do trabalho.

— Maristela...

— ...

— O pessoal do trabalho não é amigo de ninguém. Desculpe. Eles te pedem favores e você faz, você percebe isso, né?

— Não, Roberto, por favor, não é assim, tem a Lúcia, o Fernando, são uns queridos.

Roberto suspira, Lúcia e Fernando já debocharam do jeitão da Maristela várias vezes. Não a suportam, não perdem uma chance de explorá-la e fazê-la se sentir desconfortável.

— E tem tratamento?

— Eu não vou conseguir, Roberto, já tá espalhando.

— Calma, Maristela, talvez você devesse pedir uma segunda opi...

Maristela começa a chorar, as lágrimas a sufocam, o rosto distorcido, as mãos entre as pernas, enquanto parece se ninar, o corpo parece menor, indefeso. Roberto não sabe lidar com isso, nunca soube. Sente a cabeça dormente, e um impulso de abraçá-la. Quando ele se movimenta, Maristela se encolhe, como se o abraço fosse machucá-la e ela não entendesse o significado daquele gesto.

Roberto consegue abraçá-la. É estranho para ele, que nunca esteve próximo de Maristela. Ela coloca o rosto no pescoço dele e apenas chora por vários minutos. Roberto, ao segurá-la, sente uma estranheza maior, aquela pessoa ali, que ele está amparando, perfumada, com uma roupa bonita, cabelos limpos, está marcada para morrer. Não há evidências disso do lado de fora do corpo. Como somos capazes de esconder de nós mesmos e das pessoas à nossa volta os símbolos das dores que nos aniquilam, ninguém vê, onde estão as minhas dores? Eu também estaria nessa esteira?

O choro vai rareando, Maristela se recompõe, afasta-se um pouco de Roberto. Abre um sorriso grande, aquela boca acostumada a sorrir generosamente.

— Roberto, você é um amigão, eu nunca vou me esquecer disso, muito obrigada, viu? Eu sempre soube que podia contar com você.

Roberto, perplexo, pega no braço de Maristela e apenas concorda, seu olho mareja, nunca passou por isso na vida; sente perder um pedaço de si vendo aquela outra pessoa se despedaçar à sua frente. Também uma ponta de vergonha, Roberto sabe que não é amigo dela, não é inimigo também, mas, se ele é o "amigo" dela, isso o faz imaginar como seria o resto da vida daquela mulher.

Chega em casa no horário, vencido. A esposa ressente a atmosfera densa.

— Dia ruim?

— É.

— Vai tomar banho, vou pôr a mesa.

De volta do banho, já à mesa, a expressão ainda é a mesma. Muitas garfadas em silêncio, a esposa com os olhos perdidos numa direção, Roberto, em outra. O filho se perturba um pouco, ninguém intervém. Ele se levanta da mesa e vai brincar no quarto, liga o videogame.

— O que houve?

— Foi difícil hoje. Sabe a Maristela?

— Sim.

— Ela vai morrer.

— Como assim?

— Me chamou hoje no almoço pra me contar, chorou muito.

— Meu Deus, mas o que ela tem?

— Acho que é um tumor no peito.

— E não tem tratamento?

— Meu amor, não sei... Aquela mulher não tem ninguém, eu não tenho saco pra ela, reconheço isso, você sabe disso, mas porra. Ninguém. Me chamou de amigo, de amigo! Ninguém quer falar sobre nada, ninguém quer saber...

— Calma, meu amor...

Roberto tinha mais para falar. Mas, assim como Maristela, o canal que liga seus sentimentos à boca está represado. Só pensava no rosto de Maristela. Num lapso de alguns segundos, naquele momento em que ela foi ouvida, Roberto viu outra pessoa, um ser humano, amedrontado, doente, sozinho. Daquele ser humano Roberto seria amigo, mas, depois de poucos segundos, ele sumiu no gordo sorriso de Maristela, limpando os olhos e agradecendo. Ela teria mais alguém com quem conversar? Ou seriam outras testemunhas, como as do atropelamento, as expressões do rosto deformadas a rir e debochar de sua situação? Essas outras pessoas não estariam todas doentes também?

3.

Depois que Maristela faleceu, a primeira manhã no escritório tinha um ar diferente. Um silêncio apaziguado, mas sem paz. A natureza que entrava pela janela, em raios de sol e canto de pássaros, fazia ressoar lembranças diferentes nos colegas do trabalho, todos calados, em um encontro forçado consigo mesmos, conversando apenas o necessário. A ausência completa de interações demonstrava que elas só existiam por causa de Maristela. Ela, sozinha, carregava as conversas; sem Maristela (o bode expiatório) todos eram mais a si mesmos, todos podiam ver a própria face. Ficavam claras as intenções de cada um, já que agora o jogo mudara e não havia mais o animal de sacrifício para carregar os incômodos e distorções dos demais.

Roberto se mantinha produzindo, a sombra de Maristela ainda ao seu lado. Escutava até a voz dela ecoando no corredor, ainda aquela reação automática no corpo quando alguém se aproximava de sua baia: não era mais Maristela.

Sentiu-se impelido a ir ao velório. Via-se de cima, velando por Maristela de olhos fechados no caixão. E aquela cena se repetia e se repetia em sua cabeça a manhã inteira. Não havia o que decidir, se era assim, que fosse. De fato, o lugar estava vazio, apenas um sobrinho (filho da irmã dela) vigiava o caixão, tinha recebido a missão de estar ali e acolher quem quer que aparecesse no período estipulado do pré-enterro.

Aquela paz na sala parecia respeitar o corpo exposto, prestar algum tributo.

Perto da saída, um vulto indeciso hesita. Estaria no lugar errado? Acaba entrando uma mulher mais jovem que Maristela, de óculos escuros, cabelos curtos. A roupa parecia escolhida a dedo para a ocasião, como se houvesse alta costura para situações de sepultamento (e há). Ela e Roberto são as únicas pessoas na sala, os dois próximos àquele corpo, cada um de um lado do caixão, imersos na projeção de seus sentimentos (provavelmente díspares) em relação àquela pessoa que, em vida, tinha menos companhia do que tem agora em morte.

4.

Esther conheceu Maristela na sala de espera da clínica que frequentavam. Ambas tinham suspeita do mesmo diagnóstico e uma vez se encontraram enquanto esperavam consulta com o mesmo médico. Maristela deu o primeiro passo, para variar, elogiando a aparência da nova conhecida. Esther entendeu o subtexto e ofereceu-lhe ouvido. Era apenas escutar, pois Maristela tinha muito pra dizer, mesmo que não chegasse a lugar algum. Esther, por sua vez, também tinha, mas parecia não encontrar uma brecha para encaixar seus assuntos na avalanche verbal de Maristela. Esther ouvia, perguntava mais sobre alguma parte da história que não ficou clara, muitas vezes ouvia os mesmos trechos sem interromper, sabendo que mais importante do que chegar a algum lugar, era deixar a nova amiga falar e falar.

Ambas vinham marginalmente acompanhando os casos uma da outra, mas agora os desdobramentos da situação começavam a separar seus caminhos. O diagnóstico de Esther deu negativo, enquanto Maristela tinha um tumor. Num arranjo confuso de emoções, Esther viu a amiga tentar consolá-la (!) ao mesmo tempo que via um ressentimento profundo em sua face. Como poderia? Ficou com a impressão de que era julgada por não estar, também, morrendo.

Consultando a memória, percebia que o sentimento que lhe ocupava era o mesmo das infinitas vezes em que rejeitava um homem, em que entrava num espaço e era perseguida pelos olhares das pessoas, em que alguma amiga incomodada lhe fuzilava com um "mas você é linda, né?". Uma vida a se desviar desses fuzilamentos, mas, dessa vez, por alguma razão, decidiu ser mais frontal: convidou Maristela para tomar um café, e ela aceitou, incrédula.

Naquele dia, o tempo se dilatou para elas. Horas de conversa. Para Maristela, foi uma situação inédita e mágica: enfim tinha encontrado alguém com quem se conectar, pena que foi tarde demais. Ainda assim, alguém. Para Esther a estrada era outra, estava acostumada a ver apenas um metro à frente em sua vida, sempre o dia seguinte, a hora seguinte. Chamar Maristela lhe pareceu natural, então o fez. A conversa começou tímida, Maristela nos seus rompantes de trivialidades, tentando alinhar o clima geral entre as duas, colocando-se à disposição de imediato para ser (novamente) o bode expiatório da relação. Esther tinha dificuldades em entender a linguagem da amiga, embora lhe parecesse familiar. Tentava contornar a barreira de gentilezas de Maristela para ver o que tinha atrás. Num dado momento, Esther, quando Maristela transpira mais uma vez aquele sentimento estranho, como se a invejasse, dá uma guinada no assunto:

— Maristela, você acha que eu merecia ter esse tumor?

— Não, querida! Jamais! De onde tirou isso? Não, não e não...

— Do seu olhar, não sei bem o que é. Eu gosto de você. Sinto que sou uma grande sortuda do meu exame ter dado negativo. Só queria que você soubesse que eu teria esse tumor no seu lugar.

Maristela, flagrada, hesita. Não consegue manusear uma verdade que nem sabia que estava ali. Esther insiste:

— Me promete uma coisa? Quero ser sua amiga, você aceita ser minha amiga? Tem uma condição.

— Claro, Esther, o que você quiser...

— Me diz a verdade. Você sentiu que quem merecia esse tumor era eu?

— Esther...

— Maristela...

— Sim. Eu pensei nisso. Desculpa.

Maristela se desconcerta. Esther sente o impacto por dentro, mas por fora mantém uma altivez custosa, sem orgulho: consolar a amiga longamente, até ela se recompor. Esther se levanta e paga a conta, volta e convida para um passeio pela aleia ali perto. O sol das quatro da tarde, mais morno, dourava os troncos das árvores e gerava sombras no rosto de ambas.

— Maristela, eu estava torcendo para esse tumor ser em mim, e não em você. É tudo tão injusto, a vida é injusta.

— Não, amiga, não é isso.

Encontram um banco e sentam-se.

— Eu queria te contar... Na verdade, queria contar isso para alguém... mas não sei o que fazer.

— O que foi?

— Eu...

— O que foi, querida? Você também tá doente?

— Sim... há muito tempo... Eu me sinto um lixo, usada, errada, perdida.

— Mas por quê? Uma mulher como você, cheia de saúde, linda...

— Não foi culpa minha.

— Mas o que foi, amiga? O que aconteceu?

— Eu me sinto tão suja, tão culpada. — Esther começa a lacrimejar.

Maristela a abraça, faz carinho em sua cabeça. Esther repete algumas vezes que não foi sua culpa, e aceita o colo da amiga para enfim chorar. Maristela não entendia o que estava acontecendo, mas não queria mais entender. Abraçava a amiga e concordava que não era sua culpa, fazia carinho em sua cabeça, ambas entregues a um estado de dor, de injustiça, de falta de compreensão, ninguém pede para estar na própria pele, ainda assim todo mundo paga por isso. Maristela ouve com atenção o que vem. Esther luta para conseguir verbalizar tudo. Por vezes, precisa chorar até não conseguir mais pensar, e aí continua, a amiga segurando-lhe a mão enquanto apenas ouve.

Por respeito, por querer ajudar, porque já não havia mais opção, Maristela se voluntaria a rever com a amiga a cena daquela mulher bonita, elegante, com uma pose de gata, chorando, a cara deformada de dor, um homem suado em cima dela, sufocando-a com o peso do corpo. A expressão dela vidrada, o corpo flutuando pelo quarto, indo para um lugar fora dali, os olhos se fecham. Aquele recinto que antes poderia ser um lugar qualquer, com qualquer histórico, inclusive um bom. Aquela sensação de que há dez minutos tudo estava bem e poderíamos fugir, e poderíamos ser amigos, e poderíamos estar bem, aquele desencontro fulminante que não se explica, e que não se repara. Aqueles cinco metros abaixo do solo. Aqueles anos em silêncio sem contar a ninguém, fugindo dentro de si de todas aquelas cenas, que iam ficando maiores, trazendo sons, cheiros, ruídos, puxando tudo como um buraco negro e esbagaçando o espaço interno até Esther ser apenas uma reles visita dentro da própria cabeça e só lhe sobrar espaço para sobreviver, preferir estar na rua, em grandes grupos, em bares, ouvindo homens e mulheres que não queria ouvir, a estar em casa, sozinha, com o lobo nas sombras aguardando para lhe passar o filme centenas e centenas de vezes.

Maristela abraça e abraça Esther.

— Minha irmã, minha irmãzinha.

Ambas se ninam, os corpos quietos recebendo o pulso da respiração uma da outra.

— Esther, prefiro morrer. Eu já vou morrer, minha irmã. Fica aqui e se cuida, você não teve culpa.

A conversa ainda durou muitas horas. Naquele dia, Esther e Maristela ficaram na rua até não conseguirem mais conversar, até o sono lhes vencer e os assuntos se desencontrarem. Se despediram como velhas amigas, ambas trouxeram uma angústia para o encontro e voltavam para casa com um alívio estranho, nada havia sido resolvido, mas tudo parecia mais suportável. Para Maristela, a morte. Para Esther, a continuidade de sua vida.

5.

O celular, em cima da pia, pisca várias vezes. Mensagens empilhadas umas sobre as outras. A luz forte do banheiro desconforta Esther enquanto ela se veste. Checa telefone, várias mensagens de homens diferentes. Muitas abordagens, mas sempre um mesmo objetivo. Alguns riem, outros mandam piadas, raciocínios elaborados, interpelações. Esther as espia e volta ao espelho, está terminando a maquiagem. A técnica mal aprendida não é capaz de suplantar sua beleza. Já sabe que, durante o encontro de hoje, ainda enfrentará o escrutínio de homens e mulheres no ambiente. Sai do banheiro e vai ao quarto, há um espelho maior, e lá se detém, o reflexo lhe olha com repulsa.

Ao passar pela soleira do quarto, sente a tempestade chegando, um aperto no pulso, tão real como se fosse agora. O vestido está bem colocado, a cintura, os ombros, o colo, cada lugar diz uma coisa, e agora se sente bela, sensual. Chegam mais mensagens, algumas súplicas, está sumida, não deu retorno, o que vai fazer hoje?

Depois de anos, Esther desenvolveu a arte de sumir. Começou sumindo por reflexo: diante da impossibilidade de se pôr para fora, a fuga. Os homens jamais saberiam o que acontecia do outro lado dessa miragem, um jogo cujas regras não entendiam e do qual saíam, ao fim, com a sensação de terem perdido. A esfinge os devoraria antes da pergunta.

Hipnotizados pelo belo arranjo que Esther manifestava com naturalidade, eram incapazes de enxergar para além de sua cortina de fumaça, mariposas batendo insistentemente numa lâmpada, até ela se apagar. Do lado de Esther, um outro tipo de enigma: sentia-se responsável pelo eterno ciclo de abordagens, contatos repentinos, replicações infinitas das mesmas dinâmicas. Não conseguia saber se jamais estaria autorizada a sair do jogo da seleção sexual, ou se era ela mesma quem criava a teia na qual se sentia presa. Assim, o desaparecimento virou seu ritual de eterno recomeço. Não pedia para iniciar um contato, e acabava sendo quem precisava encerrá-lo. Muitos e muitos homens indo e vindo na sua presença, também indiferenciáveis, também apenas variações do mesmo tema, também encobertos pelo fluido inescapável da necessidade de deitarem-se com alguém como ela, e todos os efeitos subsequentes dessa dinâmica.

Vai ao secador de cabelo, o barulho ocupa o espaço no banheiro e traz mais alguns lapsos, um tapa na cara, um eco de grito. Já à porta, ela abre a bolsa para checar se tudo está lá, algumas risadas surdas do lado de fora antecipam o ambiente de hoje. Chegando ao bar, alguém abre a porta para ela. Não é raro que lhe façam favores não solicitados. Não é rara essa gentileza obtusa, obscena, que Esther acostumou-se a ignorar. Seu ritual é velho, velho companheiro. Sair, encontrar alguém. Esther sempre tem tempo para encontrar alguém. Às mulheres oferece ouvido, atenção, anteparo às suas identidades. Aos homens, desafio, um labirinto para se perderem e o que ela mais tiver apetite no dia.

No caminho até seu lugar cativo, percebe os olhares de todos os lados. Já não é mais difícil manter o foco. O espaço é familiar, a ação, a cena. Não é que não perceba, percebe tudo, mas não se deixa flagrar. Os homens, acompanhados, a observando. As mulheres a observando, o barman pronto para fazer um agrado, servir uma dose a mais, uma ideia especial de drink. Mesmo assim, a conversa com Maristela, seu olhar, seu abraço, ainda a acompanham, mesmo que intrusos naquele ambiente.

Pede um drink, conhece muitos, já experimentou de tudo. Sua postura é a de quem aguarda alguém.

— E aí, levou um bolo?

— O quê?

— Parece que a pessoa que você tava esperando não veio.

— Não.

— Não o quê?

— Desculpa, você me conhece?

— Não, desculpe, estou apenas de passagem. Muito prazer, Matheus.

— Prazer.

— Você não vai se apresentar?

— Não.

— Vá lá, tudo bem. — Matheus dá de ombros. Esther desbloqueia o celular — Você tá esperando amigo ou amiga?

— Não sei ainda, é uma surpresa.

— Nossa, que avançado!

— É.

— E o que acontece depois?

— Depois do quê?

— Depois que vocês se encontram?

— Conversamos.

— E...? — Matheus levanta o copo vazio, o garçom vem encher.

— Um fala, o outro escuta, depois muda.

— Sim, me parece óbvio, mas o que você busca depois disso?

— Ah, boa pergunta. E você, o que *você* busca?

— Não sei, conversar um pouco, conhecer alguém diferente — diz Matheus.

— E...?

— Espertinha!

Esther volta a atenção ao seu drink. Matheus fica surpreso, nem parece que estavam se falando segundos antes.

— Oi — ele retoma

— Oi.

— Ué, acabou o assunto?

— Que assunto?

— Muito bem. Meu nome é Matheus, muito prazer.

— Prazer, eu sou Flora.

— Flora.

— Ó, temos um nome agora.

— Sim, um nome — diz Esther, rindo.

— Muito bem, Flora, qual o seu nome?

— Amanda.

— Ótimo, vamos lá, Flávia.

— Ótimo. Flávia-Amanda... — completa Esther.

— Você não parece estar procurando alguém pra tocar a vida.

— Nem você, embora pareça já ter achado. E *o que* você procura?

— Ah... eu estou apenas passando. Percebeu que ninguém disse nada até agora? Você não me cortou, não foi embora, mas também não me disse nada de relevante. E eu estou aqui. Você quer parar ou quer dar um passo?

— O que é dar um passo?

— Não sei, cada um tem uma visão disso.

— E pra você, o que seria dar um passo?

— Pra mim seria... — Matheus se aproxima, Esther não recua. Ele chega muito perto de sua boca, Esther o encara dentro dos olhos, impassível, não demonstra abertura. Matheus recua. — Chegamos perto — diz Matheus.

— Perto de quê?

— Sim, estamos num labirinto, não sei do que estamos perto.

— Estamos? Estamos quem? — replica Esther.

— Eu e você, ou estou aqui falando sozinho?

— Eu te pedi alguma coisa?

— Você negou alguma coisa? Me parece que você tem um medo. Parece que quem falar primeiro perde. Como saímos desse xeque?

— Não sei, eu vim aqui encontrar outra pessoa.

— Que não chegou. Que tal jogarmos um jogo até ela chegar?

— Um jogo...

— Sim. Não se pode mentir nem despistar. Cada um diz o que acha que o outro quer. Depois o outro diz o que quer. E, se não der em nada, vamos embora — propõe Matheus.

— Muito bem. Você começa.

— Eu?

— É. Ou nada.

— Ok... você quer estar no controle, quer usar seu corpo lindo, quer ser degustada, adorada, mas tem que ser do seu jeito, sem espaço pro outro, você define como é, quando é, com quem é. Você não tá esperando ninguém. Ninguém vai chegar. Eu cheguei, mas só avanço nos seus termos, do contrário... nada.

— Interessante.

— Interessante não é uma resposta. Acertei?

— Uma parte!

— E onde errei?

— Alguém vai chegar.

— E quando?

— Em breve. Minha vez.

— Vamos lá.

— Você quer vencer. Quer conquistar pelo seu próprio mérito, veio de terno, de relógio, com roupa de trabalho porque quer que vejam que você é um vencedor, que tá acostumado a conquistar. As pessoas te ouvem, mas você não quer só isso, quer colonizá-las, se colocar lá dentro delas e mandar de lá de dentro.

— Muito bem! Não está de todo errado.

— E onde errei?

— Eu não quero só mandar, eu sei obedecer.

— Ah, é? — Esther abre um meio sorriso.

— O que você acha?

— Eu não acho nada, temos onze minutos, as regras são minhas. Eu te encontro lá no banheiro, se você fizer qualquer coisa que eu não mandar está tudo acabado.

Chegando ao banheiro, Esther tranca a porta, tira uma algema da bolsa e prende a mão de Matheus ao suporte para pessoas com deficiência. A respiração de Matheus fica ofegante... Esther abre seu zíper. Enquanto senta no pau de Matheus, ele tenta acariciá-la. Esther lhe dá um tapa no rosto. Matheus tenta reagir, Esther levanta a mão para mais um tapa, encara dentro de seus olhos com agressividade. Matheus recua e sorri, sem jeito, tenta manter a pose. Enquanto Esther monta em Matheus, ela ainda se lembra de seu último encontro com Maristela. Parece que dessa vez o ritual não deu tão certo. Não chegam a onze minutos. Esther coloca a calcinha, destranca Matheus e sai. Ele tenta segurá-la, mas as calças o impedem, ainda precisa se arrumar antes de deixar o banheiro.

6.

Matheus chega atordoado ao seu prédio, tem a impressão de ainda sentir o cheiro da mulher com quem se encontrou no bar, tenta resgatar alguma fragrância no próprio corpo, nos dedos, não consegue. Só encontra um desconforto. Vencera? Saíra do bar achando que sim. Dirigindo para casa, sentia uns flashes de terror, como se fosse outra a mão que lhe batia no rosto, como se um vulto disforme o tivesse sobre uma mesa, o devorasse aos pedaços, fazendo o que quisesse com ele.

Chegou em casa pontual, como de costume nesse dia da semana, à meia-noite. Uma forma de atenuar qualquer argumentação com a mulher. Estava no trabalho, o volume de trabalho-extra habitual, as horas habituais, o consequente atraso habitual acompanhado de habituais mensagens prévias de salvo-conduto.

— Oi, meu bem.

— Oi, Matheus, como foi o trabalho?

— Cansativo, já sabia que ia ser assim hoje, mas deu tudo certo...

— O meu também foi complicado.

— Você jantou?

— Já, está tarde. Estava esperando o João dormir e você chegar.

— É verdade. — Matheus tira algo da geladeira, põe no micro-ondas. — Você está muito bonita.

— Obrigada. Matheus, o João anda meio estranho, muito agitado, agressivo.

— Então me parece uma criança normal.

— Fui chamada na escola.

— Quer que eu vá?

— Não precisa, você está sem tempo, né?

— Se quiser, eu vou... — diz Matheus.

— Seria bom, mas é na sexta pela manhã.

— Ih, logo na sexta, é difícil mesmo, é um dia tão complicado...

— Deixa comigo, eu vou lá descobrir o que aconteceu.

Matheus joga os restos da comida fora, abraça longamente Helena. Ao fazê-lo, sente que o remédio para ereção que tomou ainda está fazendo efeito. Dá continuidade nas carícias, Helena o olha, ele a beija, olhos fechados, ainda tenta sentir um pouco do cheiro de horas atrás.

***

O dia seguinte pesa um pouco mais no corpo. Ao mesmo tempo, a cena da noite passada, daquela mulher montada sobre ele, ainda de roupa, com os olhos o atravessando, o confunde e o deixa aéreo, gerando um esforço extra para ser bom em casa.

Muito do que guia Matheus desde o início de sua vida aninha-se em um sentimento guardado na memória: ser bom em casa. Um mantra repetido inúmeras vezes. Com o tempo, ele passou a incorporá-lo, ganhando alguma atenção de seu pai. Pai e filho nunca tiveram uma discussão clara sobre o sentido dessa ideia, nunca houve conversa para esclarecer o que significaria "ser bom" e o que significaria "casa". Como não pudemos acompanhar o pai, jamais saberemos o que isso queria dizer para ele. Já Matheus reescreveu o conceito como quis. No início da faculdade experimentou o sabor de ter êxito. Entendeu que "casa" não precisava ser físico; poderia bem ser o espaço abstrato onde atuava, uma zona de influências, com inúmeros poderes se sobrepondo, e as pessoas os vestindo como um manto.

Ser bom significava entender a língua do mais forte, já que a condição do poder só emanaria de uma virtude, de um esforço. Aprender a língua do mais forte resultaria, por consequência, em *ser* mais forte, e ser mais forte só poderia resultar inequivocamente em ser bom. Matheus via seus silogismos como um grande tesouro que o levaria adiante e que, por isso, não deveria jamais ser revelado a terceiros, sob o risco de perder o lugar reservado a si mesmo lá no futuro.

Aqui estamos no futuro e é preciso dar o braço a torcer: Matheus conseguiu muito. Ele pode argumentar que hoje ele é "bom" (ainda que dentro de suas definições), e que "casa" virou qualquer lugar onde esteja. Curioso é ver quantas infinitas versões da realidade guiam a cabeça das pessoas. E aquelas com mais convicção, não importa qual convicção seja, conseguem de maneira surpreendente materializá-la no mundo, seja isso bom ou ruim para os demais. Se ao menos Matheus um dia tivesse ventilado o que é "ser bom" e o que é "casa", talvez alguém, discordando de sua tese, tivesse a oportunidade de dissuadi-lo um pouco da adoração ao próprio slogan.

Ao contrário, a matéria-prima de uma convicção (devo ser bom em casa) vai ganhando infinitas nuances, adendos, reforços, até se tornar um organismo vivo. Matheus trouxe esse organismo para o ambiente de trabalho, criando um ethos próprio assim que se tornou o chefe de departamento. Independentemente de sabermos o teor exato do que ele considera bom, podem-se ver seus efeitos. Mesmo sem clareza, seus subordinados entenderam que não deveriam se abrir uns com os outros, porque lá na frente alguém acabaria "sendo bom em casa" e usando essas informações em benefício próprio. Ser bom também significaria não errar, logo os erros (a começar pelos de Matheus) eram todos ressignificados até se tornarem deliberações ou aprendizados, que vinham seguidos de "foi bom que isso aconteceu porque agora podemos..." e aí mais uma deliberação. Se não se erra, também não se pede desculpas, e por aí vai. Uma longa cultura construída numa crença, como bem gosta Matheus de argumentar quando está desconstruindo outro alguém por esporte. E daí que a cultura criada assim, em cima do que nunca é comunicado, vai crescendo e outros funcionários começam a ficar fluentes nela. E esse jogo de deformação da realidade passa a ser maior, passa a ser o tabuleiro onde todos são peças, alguns como os perpetradores e outros como vítimas.

Dá pra imaginar por que tantos lugares em nossas cidades são pirâmides com gente doente tanto no topo quanto no fundo. As do topo drenando de maneira inclemente as do fundo, jogando todos os recursos para dentro de seus buracos, que nunca se preenchem, distorcendo a realidade nos limites da física. As do fundo atormentadas por seus fantasmas, pelo apocalipse que espreita na ruptura de qualquer relação, incapazes de dizer um "não", sendo torturadas a seus próprios olhos, dando as armas aos algozes e pedindo desculpas depois de serem castigadas sem crime.

Matheus chega ao departamento em que trabalha e tenta passar despercebido. No caminho para sua sala, um ou outro subalterno (que ainda não desistiram de cumprimentá-lo) forçam a barra para ter algum contato visual com o chefe. Quando inevitável, Matheus cede um sorriso bem regulado, um pouco de sua atenção, para trazer normalidade ao ambiente. Chegando em sua sala, Felipe, colega de direção, o aguarda.

— Matheus, meu querido, até que enfim você chegou.

— Sim, meu nobre, que satisfação ter você aqui. Realmente, não podemos chegar os dois atrasados, né? Amanhã é sua vez.

— Na verdade estamos atrasados, e acho que agora é hora de fazer algo a respeito disso. Nem eu nem você tocamos aquele produto.

— Aquele produto que combinamos que Julia faria?

— Sim, aí é que está. Julia vem à sua sala hoje pedir demissão. Me avisou na sexta-feira, e não quer fazer o produto. Eu não ligo se ela fica ou vai, mas seria bom pelo menos a gente ter esse material na mão.

Matheus não consegue mais ouvir Felipe. Nada do que o outro diz faz diferença, até porque ele já sabe o que fazer. Passará as próximas horas aguardando pacientemente a visita de Julia em sua sala, que acontece uma hora depois do almoço:

— Sr. Matheus, posso entrar?

— Claro, minha querida, você pode o que quiser. Em que posso ajudar?

— Sabe, eu tenho pensado muito, mas muito mesmo nos últimos tempos, e acho que já fiz tudo o que podia aqui, acho que não tenho mais a oferecer, nem estou mais aprendendo tanto. Estou sentindo que chegou a hora de começar uma nova experiência e...

— Julia, desde o início soube que você era uma mulher diferenciada, competente, com visão. Você conseguiu uma nova oportunidade?

— Ainda não, mas não sei bem se eu gostaria de continuar trabalhando na área, tudo me parece meio engessado e, assim, o dinheiro também não bate com as tarefas que eu desempenho, não sei se não valeria a pena eu voltar a cozinhar, por exemplo.

— É justo, é compreensível, minha querida. Jamais tentaria dissuadir você de uma decisão tão importante, pra mim na verdade seria muito mais prático simplesmente deixar você seguir, você sabe como essa função de gestão dá trabalho, exige muito.

— Eu sei.

— E eu nem quero te atrapalhar em nada, mas gosto muito de você. Me sinto na obrigação de, pelo menos, te abrir a cabeça, entende? Pra você poder decidir como quiser depois. Eu já vivi bastante, estou uns dez anos na sua frente, talvez? Vou te contar, eu sempre quis ser ator. Passei um bom tempo no teatro, fiz amigos, interpretei Shakespeare, Gógol, conhece?

— Conheço Shakespeare.

— Tá vendo? Todo mundo tem teatro dentro de si e não imagina. — Matheus levanta-se, serve um café para ambos, coloca a caneca na frente de Julia e volta para a cadeira. — Só que na situação em que estamos, o mundo tão competitivo, tudo bem caro, nada disso é terra fértil, sabe?

— É, eu sei disso, mas tenho juntado dinheiro.

— E você daria conta de ficar um ano inteiro sem receber um centavo?

— Ainda não, talvez uns seis meses.

— Seis meses é um sopro, querida! Você tem o quê? Nem trinta anos? É tanto pra pagar que o dinheiro some. Veja, de novo, eu jamais vou lhe impor nada, mas pensa um pouco melhor. Você acredita em si, e tem razão em acreditar, pois você é um tesouro, todo mundo aqui gosta do seu trabalho.

— Sério? Mas nunca me disseram isso.

— Somos muito austeros, eu sei. É necessário, para não gerar ciúmes, e a carreira é lenta, tem suas particularidades, mas todo lugar tem, né? O fato é que aqui você é bem-vinda, queremos te ver crescer. Só leva tempo. E o seu tempo já está chegando, hoje mesmo vieram elogiar seu trabalho aqui. Não posso dizer quem, mas...

— Mas, sr. Matheus, eu já pedi um aumento faz tempo, você mesmo falou que ficariam de ver, e nunca houve um retorno.

— E eu estou vendo até hoje! Isso faz o que, uns dez meses? Leva tempo. E todo esse trabalho que você tá fazendo com nosso relatório anual está sendo muito bem-visto pelo pessoal de cima, sabe? Eu não perco uma chance de falar do que você está fazendo.

— Fico feliz em saber disso. Na verdade, esse trabalho não é minha função, como o senhor sabe. Eu nem sei quem deveria fazê-lo, mas achei que seria uma boa oportunidade de mostrar um serviço bem-feito...

— E é! E é! — Matheus a interrompe, seus olhos brilham. — Julia, minha querida, estou prestes a conseguir uma nova vaga, você vai trabalhar direto comigo, mas seria importante, realmente importante, se a gente entregasse bonito esse relatório anual. Tá na sua mão. Eu sempre soube que você daria conta, e achei que havia me entendido. Porque você tem se dedicado tanto, está ficando uma joia! Ninguém saberia entregar isso com tanto carinho, com tanto capricho... Se eu puder lhe pedir, assim, do fundo do coração, lhe pediria para esperar mais um pouco, vamos fazer essa entrega em grande estilo, e mostrar pra todo mundo seu potencial. Daí você toma essa decisão, que sei que é fundamental, e você merece, merece tudo, e sabe disso.

— Claro, sr. Matheus, vamos fazer assim, então.

— Vamos! Juntos!

Matheus lhe estende a mão e um sorriso, a luz que entra pela lateral da sala ilumina sua face, dourando seus cabelos. Julia o acompanha com atenção enquanto saem da sala. Há um movimento estranho dentro de si, ela não consegue visualizar bem, deveria se sentir bem com a conversa, e até se sente, mas também sente o mundo real por trás de uma neblina. É como se o tempo todo naquela sala ela estivesse sendo observada, e o cenário fosse cair a qualquer momento. Mas deveria estar delirando; a conversa foi boa, ela só pode se fiar por esta conversa, que foi boa, e nunca teve uma conversa boa com um chefe antes; afinal, se for para fazer qualquer avaliação, era para considerar um avanço.

Matheus e Felipe se encontram em um bar no fim da semana.

— E Julia, meu nobre? Ouvi dizer que ela fica! Você é um gênio, cara. Um gênio! Como foi essa conversa?

— Ah, não foi nada, meu velho, só minha obrigação. Você é quem ajudou muito, sacou antes, trouxe a informação na hora certa, coisa de mestre!

— Queria ter essa habilidade, eu tentei e tentei falar com a Julia antes, não deu em nada! Por onde você foi? Como fez?

— Não fiz nada de mais! Vou lhe contar, meu querido, eu só disse o que é verdade. A gente inventa muito. O que ninguém percebe é que a verdade é um negócio macio, que a gente tem que pegar com calma pra manipular. E aí o outro percebe que é verdade, e então estamos em casa!

Agora podemos atualizar a visão de Matheus. A semente plantada por seu pai (ser bom em casa) cresceu e virou uma árvore, que deu frutos (a verdade é macia, e deve-se pegar com calma para manipular). Se olharmos a narrativa dessa planta rara que nasceu na cabeça de Matheus, podemos marcar este dia em sua biografia como aquele em que ele enfim mostrou a alguém, ainda que de forma obscura, seu tesouro, sua visão mais íntima de mundo, que hoje, mais madura, poderia ser algo como: ser bom em casa é pegar com calma na verdade, para a manipular.

Agora, sim, um novo mantra, pronto para ganhar o mundo. Na cabeça de Felipe, a semente dará origem a uma nova espécie. Felipe não consegue entender plenamente o que Matheus quis dizer, mas, tomado de um intenso sentimento de amizade, de admiração pelo colega mais experiente, vai deixar essa ideia germinar em seu peito, crescer, e dar origem a toda uma perspectiva de mundo dentro de si e, quem sabe, em outras pessoas. Aqui também dá para rever a visão de Matheus de dias antes. As pessoas não vencem. As pessoas passam. Quem vence são as ideias.

AS COISAS PELO NOME

Quanto mais forte o sinal na cabeça de Maria, maior seu ímpeto de ficar em silêncio. Ou: quanto mais forte o sinal, maior sua incapacidade de sair dele. Silêncio com uma qualidade diferente do que está habituada. Nele, o sinal fica ainda maior, ocupa mais espaço. E aí cada sonzinho, isolado, em close, se torna um episódio estrondoso, o primeiro ruído escutado pelo primeiro ouvido. Maria está de saída, uma roupa modesta, beija os filhos e vai à sala se despedir de Carlos.

— Vai aonde?

— Tomar café com Rúbia, desanuviar um pouco.

— Desanuviar de quê, meu bem, tá mal?

— Mal não, mas tô angustiada.

— Quer ir no médico?

— Médico, não.

— Quer chamar sua mãe?

— Não, quero ir ali tomar um café com a Rúbia.

— Tá bom, se cuida, se quiser ir sem carro, te busco.

— Tá. — Beija a cabeça de Carlos e sai.

Maria quis ir de carro, mas, chegando ao veículo, ela congela. Por fora, uma mulher com uma bolsa aberta, a chave ainda em sua mão fechada. Por dentro, fragmentada em inúmeras partes. Uma entra no carro e vai, não se sabe ainda para onde. Outra, com medo, volta para casa, inventa uma desculpa

"Perdi a vontade" e continua o resto de sua rotina em segurança. Até que a Maria real, que findou a cisão, foi a pé.

— A pé... — disse Maria em voz alta. — A pé...

Enquanto a voz cessava; enquanto esgotava aquele sentido, Maria começou a caminhar pelo bairro. Sentia não ter acesso direto a seus pensamentos. Iria até a padaria? Até o próximo quarteirão? Ela continuava andando. Disfarçando-se de si mesma. Parava para ver uma árvore, um banco na praça. Ir até o fim do bairro? A caminhada continuava como se, andando, tentasse alcançar lugar dentro de si, às escuras, sem mapa, sem saber identificar quando teria chegado.

No limite do bairro, um parque. Vou ao parque. E foi. Andou pelos passeios do parque: pessoas com filhos, com cachorros. Maria sentia-se um corpo estranho ali. Não, ninguém a via. Isso não a impedia de manter-se disfarçada, se fingindo de visitante costumeira do parque. Aquele desencontro interno lhe era familiar. Lembrou-se de quando saiu do país e esse era o sentimento principal, grudado em suas vistas. Lembrou-se das inúmeras vezes em que o reencontrava, em uma conversa, quando estava tentando trazer um assunto seu, mas o interlocutor não entrava no diálogo, na troca, apenas conduzia seu próprio tema. Ao que Maria, na esperança (vã) de alguma reciprocidade, respondia. Seus temas mais íntimos, mais urgentes, nunca encontravam endereço. Parecia que não falava a língua das pessoas, mesmo que em seu próprio país, e só lhe restava o encapsulamento.

Maria se senta um pouco, vê as pessoas nas quadras de esportes jogando. Um esporte é um microcosmo do que se tenta no resto da vida. É preciso que todos os participantes adiram às regras. Elas não existem. No mundo físico não existem regras. São acordos entre nós, para manifestar uma experiência: sem as regras, o voleibol não existe. Mas as regras não existem, apenas nós existimos. E assim o amor, a justiça, o trânsito... Maria sente frio. É fim de tarde. Um filho e o pai, já ao longe, caminham; o cachorro os segue, desinteressado. O filho faz ao pai um movimento que, a Maria, é familiar. Um pequeno gesto de tentar alcançar o pai com as mãos, em busca do outro, de formar uma ponte com aquele indivíduo. O pai vê e continua andando. Na rotina dele (que inclui passear com o filho àquela hora), esse gesto não lhe diz nada específico. Perdido em algum pensamento, o pai olha pro filho e diz "por aqui", completamente alheio ao gesto da criança. Mais um voleibol que não existe, pensa Maria. O filho (ainda encarcerado às regras do pai) não tem a opção de não participar do jogo. O pai, em outra dimensão, não alcança o jogo proposto pelo filho. Joga, quer queira, quer não, um jogo maior, e nele o filho é apenas uma das regras. E ainda: se aquela criança naquela idade conseguisse elaborar a respeito, seria capaz de estabelecer as regras de seu jogo? O pai, naquela idade, sabe o voleibol que joga?

Eis o impasse de Maria: as regras são componentes da experiência humana. Elas são o veículo de muitas experiências que vivemos, são a matéria atômica de Deus. Maria pensa em Deus. Não é religiosa, sua mãe sempre foi. O vulto de Deus fez parte de todos os dias da sua juventude, sem uma função clara. Maria tenta ver a cara Dele, dar-Lhe um rosto. Não, não aquele Deus bonachão de barba e camisola. Nem aquele Deus mesquinho, volátil, sádico, viciado em inventar e punir desvios humanos. Não. Maria levanta e começa a caminhar. Esbarra num artefato dentro da própria cabeça. Uma visão que há muito compunha sua forma de saber o mundo. Não constava na memória, mas em outro lugar.

Não fazia sentido para ela atribuir visões a Deus, mas sim assimilá-las. Deus não poderia ser um resultado da imaginação, mas sim da percepção mais cristalina possível. Deus não vive em escritura alguma, mas nos fenômenos que se manifestam. Um nó se dá na garganta, enquanto *flashes* de casa assaltam as vistas. Os meninos no quarto, Carlos na sala, uma angústia, talvez aquilo tudo estivesse prestes a ser atacado por um predador, talvez prestes a desmoronar.

Chega, então, o próximo bairro. Algumas ruas residenciais, uma avenida maior, carros, gente caminhando, os infinitos jogos que se reproduzem nas cidades todos os dias. A paisagem emerge à frente, ela começa a sentir o sinal ganhar força em sua cabeça. Um mendigo deitado no chão, em meio a jornais e restos de comida: em que parte de Deus ele se encaixa? Os carros enfileirando-se no semáforo: em que parte? As pessoas voltando para seus lares, algumas sem querer voltar: como fazem parte? Como encaixar todas essas partes, montar um rosto multicor, multiforma, fidedigno a Deus? E as partes que se contrapõem furiosamente? Como conectá-las de maneira justa à face de Deus? Um arrepio acorda seu corpo, carga de energia inexplicável, inconectável, com sentimentos inéditos, que lhe ocupa. Uma, duas, três vezes. O que quer um Deus que é tudo?

Maria chega ao café onde Luiz, seu irmão, trabalha. Ainda imersa em seu sinal, o resto acontece lá fora. Maria caminha sobre a face do Deus que procura. Senta-se em um banco, à distância. O café está quase cheio, corpos negros se movimentam com vigor e destreza entre mesas às quais corpos brancos, embriagados de seus próprios sonhos, fazem pedidos.

Essa pintura viva de Debret, penso eu. Maria tem outros pensamentos. Nunca tinha visto esta cena tão assim, de fora. Em sua batalha incessante, sempre esteve de dentro, vendo em primeira pessoa o peso do olhar do outro, o peso das palavras do outro, a desautorização. Viver com visto fora do país lhe mostrou que vivia sem visto em seu próprio país. Como se monta isso no rosto divino? Como pintar o quadro à imagem e semelhança de Deus?

Em meio aos demais atendentes, seu irmão Luiz. Maria se sobressalta, um impulso de chamá-lo, de longe, fingir que ele não estaria no trabalho nem ela, desgarrada, longe de casa, num horário incomum. Como se fossem irmãos, como se fosse a mais velha, como se o amasse. Um sufocamento, um suplício, e o sinal lá, no meio de tudo. Dois mundos distantes. Num deles, as pessoas sentadas, pedindo, vivendo um momento de autoindulgência, se relacionando com a comida, sensualmente, flutuando na própria experiência. Essas pessoas estão numa vitrine e não sabem. No outro mundo, as que servem. Estão pilotando uma grande nave, que não pode cair. Entreolham-se, impacientam-se e se recompõem para trazer o serviço de bordo a contento, de maneira invisivelmente gentil, invisivelmente eficiente. Se estiverem sendo excelentes, na melhor das hipóteses são invisíveis.

Olhava para as próprias mãos, a Maria. Olhava a cor marrom de sua pele, as unhas pintadas, cortadas, cuidadas. Olhava os anéis. Em seu corpo penduram-se e pintam-se coisas que lhe dizem quem ela é. E ela é seu passado, pendurado à sua alma, sua cor impregnada à pele, mais fácil se libertar do peso do passado que do peso de sua cor. Que cores tem a face de Deus?

Levanta-se e dirige-se ao café. No caminho, ajeita o cabelo, a roupa, pois sabe que veio de longe, que não devia estar ali naquele momento, quer normalidade. Senta-se e faz sinal ao irmão.

— Oi, Luiz.

— Oi, mana, que vai ser hoje?

— Já comeu? — retruca Maria.

— Como é?

— Almoçou direito?

— Mana, eu tô no trabalho, do que você tá falando?

— Desculpe, como você tá?

— Tô bem, em uma hora acaba aqui.

— E você vai fazer o quê?

— Vou pra casa, ué. Como assim?

— Não, meu bem, o que você vai fazer em casa?

— Não sei ainda, por quê? Afinal, você vai pedir?

— Traz um café com leite.

— Tá.

— Obrigada, querido. Você não quer me visitar essa semana? Posso preparar um jantar pra gente.

— Essa semana eu tô enrolado.

— Ainda tá fazendo aquele curso?

— Não, eu saí. Difícil demais.

— Podia ao menos ter me contado, eu tava torcendo pra dar certo.

— Eu contei, mana, duas vezes. Não tinha nada a ver comigo, fiz porque você insistiu.

— E o que vai fazer agora? Continuar aqui, servindo café?

— É o que tem pra hoje, sei lá.

— Você não quer falar disso?

— Mana, tu quer falar disso muito mais do que eu. Eu tô no trabalho agora, peraí...

Luiz vai atender outra mesa, toma o pedido do cliente. Naquela pintura de Debret existe um Luiz, irmão de Maria, tomando pedido de uma senhora com óculos na cabeça, pulseiras, argolas, cabelos pintados de louro.

Maria inspira fundo, como se tivesse acabado de sair de um mergulho. Olha para as mãos da senhora, os gestos, sempre os gestos. Veste-se os movimentos com gestos como se veste um corpo com roupas. Ali, na cena, o gesto de Luiz é de acolhimento, eficiência, presta atenção na cliente, mas muito mais em seu bloco de pedidos. Mapeia o ambiente. Cruza o olhar com o de Maria.

Enquanto vai realizar o pedido da senhora, faz sinal de espera para Maria. Ela paralisa. Outra cisão interna. Uma Maria fica esperando. A outra vai embora. Nesses instantes de cisão, Maria não existe, apenas o sinal, que toma corpo, ocupa densamente sua atenção. Num impulso, ela se levanta e vai até o caixa, no caminho passando por Luiz.

— Eu te ligo, a gente combina essa semana.

A cliente a olha com curiosidade. Estariam os dois envolvidos de alguma forma indevida? O que fazia aquela mulher ali, arrumada, combinando algo com um atendente de café?

Maria sai da loja e continua sua caminhada. É perto das seis, e o sol ainda confere os brilhos finais aos prédios, às árvores das alamedas. Pessoas já passeiam com seus cachorros. Cidadãos. Também junto, ainda de maneira invisível, volta uma massa de gente do trabalho, em direção ao transporte público. Pelas roupas das pessoas dá para saber o lugar que ocupam no corpo de Deus. Era assim na pintura de Debret, assim o é hoje. Maria pensa se também era assim fora, onde viveu. Sim, era. Lá era ela a parte da massa a caminhar em busca do transporte, correndo atrás do trem, uma massa cujo tempo está à disposição do outro, cuja perspectiva lhe foge; Deus parece estar à vontade com todas as suas partes. Maria, não.

Pede um carro pelo aplicativo. Parada no semáforo, as motos, as bicicletas, todas levam mochilas coloridas, com comida dentro. O sinal em sua cabeça, estranhamente, deu uma trégua. Demorou para Maria notar. De repente parecia que havia saído de uma sala onde liquidificadores ligados funcionavam sem parar.

Silenciado o sinal, uma primeira imagem lhe vem à cabeça: o menino em busca do pai, no parque; um jogo que não existe porque outros jogos existem, dentre eles esse grande estupro coletivo mútuo, do qual o pai do menino faz parte, ora como perpetrador, ora como vítima. Maria não quer jogar esse jogo. Quer outra coisa, não sabe o quê. Ao chegar em casa, um sopro lhe toma o coração, como um *déjà vu*, essa vida irônica e suas repetições. Imagina que se continuar correndo vai encontrar aquele menino, com as bochechas rosadas (este sem um pai na cena) violando um cachorro, o mesmo cachorro, um outro cachorro. Um outro mesmo cachorro.

Sim, a face de Deus estará eternamente marcada por todas as violações, as belezas, a mágica, os encontros, o sangue, os enganos. Deus tem infinitos apetites. Maria, não. Maria quer menos. Sim, o cachorro estava lá, o menino lá, o pai, a mãe, não. Maria se apressa, não sabe ainda o que será. O menino, ao vê-la, se assusta, já prenuncia a próxima violação de sua integridade; sem saber o porquê. Afinal, está apenas brincando. Mas Maria está cansada, quer jogar um outro jogo. E nesse jogo ganha quem se desestuprar. E isso precisa ser iniciado hoje, enquanto há silêncio, enquanto o sinal não volta, enquanto Deus dorme feliz com todos os jogos do mundo tatuados em seu corpo. Maria pega o cachorro no colo, não sabe dizer se é, ou não, outro cachorro. O cachorro dormirá hoje em sua casa.

Parte III

ESPERAR

Estou sentado em um banco, de onde vejo Maria e Moisés, seu novo cachorro. Venho aqui às vezes quando quero pensar em como vai ser o próximo capítulo, mas também quando marco de encontrar um velho amigo, Tomás, que costuma chegar atrasado. Não raro, tento, por alguns minutos, imaginar para onde os personagens irão, e torço para meu amigo se atrasar um pouco mais. Ele, refém dos próprios hábitos, atrasa pontualmente sempre quinze minutos. Chega cantarolando, imerso num prazer insondável.

— Estou convencido de que preciso melhorar como ser humano para continuar escrevendo, meus personagens merecem alguém melhor do que eu para continuar a história.

— Também fiquei feliz em te ver, meu jovem. Não acha que essa obsessão pela melhora é, em si, uma patologia?

— Já pensei nisso, mas nunca vou ter um critério exato. Se, por um lado, me cansa essa obsessão de revisão, por outro, observo o prazer que as revisões anteriores me proporcionaram, então acaba fazendo sentido. Estava pensando: é difícil para um compulsivo entender até que ponto ele está apenas girando ou se aquilo é mesmo o que precisa ser feito. Há que se definir um critério, eis a sutileza disso. Sem a revisão, só há ciclos.

— Entendo. Não será que esses cálculos que levam a moralizar qualquer tomada de decisão desse tipo sejam sempre meio fugidios? Um maluco que resolve trucidar alguém e se safa pode até pensar que era essa sua "missão". Por outro lado, se você consegue um pouco de prazer para si e, se muito, para os demais, isso já deveria ser uma grande conquista.

— Não está muito longe do que penso — respondo. — Não sei se evoluí o suficiente para conseguir prazer para mim. Me parece que ainda estou tentando desabafar uma solidão estranha, como se os desencontros fossem a única linguagem possível e o "encontrar", a anomalia.

— Você nunca me disse que curtia um Vinicius. É... Também dá pra ver desse jeito, e aí não há prazer algum mesmo. Se você estava procurando desprazeres, me parece que tá buscando direitinho.

— Acho que não é bem isso. O desprazer é uma falta de generosidade com o desencontro. Se eu planejei chegar aqui às cinco como combinamos, e você chega cinco e quinze, pode haver um desprazer na espera. Mas, ora, você sempre chega cinco e quinze, há uma espontaneidade aí, não?

— Naturalmente.

— Pois bem. O problema reside em esperar pelo encontro às cinco. Se a espera for apenas pelo encontro, tanto faz o horário. É preciso cooperar com o inevitável.

— Não sabia que meus atrasos eram tão graves. Por você eu teria chegado antes, meu amigo.

— É que estou justamente aqui me revisando. Que seja pelos personagens, que seja pela busca, o fato é que algo tem que acontecer aqui para a história poder continuar. E mais, preciso saber escolher o que é inegociável. Nesses quinze minutos pude pensar na história, ou seja, minha aflição com horário também era fugir da história. A história quer ser escrita e eu quero escrevê-la. Mas também tem um atrito aí, uma resistência, e pensar no seu atraso vira o prato da vez. E se eu o repetir demais, destruo a história.

— Justo. É o que se faz normalmente, não? Tem o sonho ali na frente, mas dá pra pedir mais um café antes de começar a resolver o mistério.

— É aí que está. Isso é o estado natural das coisas, e brigar com esse estado também é pedir mais um café. A fila de cafés é gigantesca. O que me chama atenção aí é que muito do sabor da vida reside num deslocamento... custoso... da zona do prazer diário. Só que, se você se deslocar o suficiente, com certeza suficiente, vigor suficiente, você rompe uma membrana e cai num outro lugar, que não tem prazer nenhum. E prazer nenhum é igual a vida nenhuma, aí também dá pra pedir um café, mas não é mais um adiamento do encontro, e sim uma automutilação.

— Você não tá indo longe demais? — Tomás ri, me examina, para ver se conseguiu me desestabilizar.

— Explico: antes de mais nada, somos quem somos. Estamos aqui indo e vindo. Veja lá a Maria, passeando com o cachorrinho novo no gramado.

— Sim, estava esperando mais história dela, você andou demorando.

— Estava tomando mais um café. Pois bem, ela está bem ali, mas tudo agora é novo, é um animal fora da jaula. É isso o que complica, porque não dá pra escrever sem sair da minha.

— Da sua jaula? Mas será que esse exercício não destrói o futuro já no início? Você quer um desfecho bem aqui? Bem agora? Qual a chance de a história ter alguma saúde se tudo o que for feito a partir daqui estiver apontando para um final e você apenas deformar os fatos até ir ao encontro dele?

— É um risco, meu amigo, é um risco. Não pretendo corrê-lo, e não tenho competência para tal. Até o momento, eu apenas servi de facilitador, sou concierge da história.

— E você teria alternativa?

— E não é o que acontece? Somos confrontados com convites frequentes da vida para nos divorciarmos ou não da realidade. E é tentador...

— Você está apenas complicando um assunto mais simples: hábitos. Somos animais do hábito, e isso tem um preço. Não glamorize o seu. Quer ter controle da história? Que seja, você é quem a está escrevendo.

— Dá pra dizer que isso é uma forma, a sua forma, de ver o fenômeno, não? Também pode ser outra coisa, que é onde estou tentando chegar. Maria teve de abandonar uma parte dela para estar ali agora, com o cão. Ela abdicou de uma parte de si para aceitar outra coisa. Há algo dentro dela que...

— Sim, eu li.

— Sim. Esse algo está dentro de todos? Não sei. Mas posso dizer que estava aqui justamente num diálogo antes de você chegar. E o que pensei é: temos um conforto para continuar agarrados na nossa identidade, e lutamos para manter esse "divórcio" com a realidade. Mas não temos um salvo conduto. E confundimos um com o outro. Quando menos esperamos...

— Você não está moralizando a mudança e a estagnação? Eu, por exemplo, não quero mudar, estou bem com isso.

— Você não mudou nada nos últimos anos, meu amigo? Certeza?

— Tem razão. Eu só não mudei aquilo que te incomoda, como atrasar.

— E as outras coisas, o que o levou a mudar?

— As mulheres.

— E por quê?

— Porque as quero. Pra mim, as relações estão no coração dos temas humanos. E são subestimadas por todos nós. Achamos que é sobre o futuro, mas é sobre uma falta no aqui-agora. Achamos que uma guerra é por disputa de território, mas lá dentro de quem manda apertar o gatilho tem uma falta, um vácuo, que território nenhum vai preencher. Você acha que a Maria, ali, tá esperando Deus descer na Terra?

— Ela não acredita em Deus.

— Ninguém acredita, meu jovem. Deus é uma das caras daquilo que falta a todos nós. Mas a falta é grande o suficiente para abominarmos até o questionamento disso.

— Consegue ver que estamos pegando em partes diferentes de um mesmo elefante? Estou dizendo que: a mudança porta o prazer da vida, porque a vida muda, e a resistência em relação a essa mudança é o que causa o desprazer, a dor. Mas mudar é um ato sutil, escondido dentro da nossa identidade, e nesse ponto você aponta que é no hábito que está o nervo do problema, e que apenas as relações podem resolver esse impasse.

— É o que eu estava dizendo.

— É o que você fez, né? O que faltava nas suas relações?

— Eu quero me apaixonar, não sei viver sem paixão.

— Você, sim, um amante de Vinicius, continue...

— Mas, como você disse, andei divorciado da realidade. E pra ela não interessa se estou longe ou perto, mas pra mim, sim, quem paga por isso sou eu, quem culpa as situações e pessoas pelas minhas carências sou eu; no fim do dia, sou eu que me levo para dormir, sou eu que não durmo, sou eu que não me levanto.

— Ou seja... voltamos ao início da conversa. Para prosseguir, essa cisão entre você e a vida precisou se encerrar. Seria isso uma patologia? Ou não?

Tomás me lança um olhar surpreso, mas ainda com senso de humor. Não é fácil ser confrontado com as próprias armas. Ele mesmo me gera essa sensação inúmeras vezes em nossas conversas. Em seu olhar há um reconhecimento de nossa amizade e do carinho que ambos tivemos que ter para continuarmos amigos ao longo dos anos.

— Muito bem — ele responde —, chegamos a um ponto aqui. Embora eu não queira dar o braço a torcer, não mudar é, sim, gerar desprazer. Só não sei dizer o momento em que nossa visão muda, em que se percebe o tal divórcio. Não sei dizer quando mudei, e por qual razão.

— Não acredito que seja questão de uma razão. E se o tempo todo o impasse estiver dado lá no fundo de nós? Mas ainda não temos condições, ou fôlego, ou força, para trazê-lo à tona? Querer o prazer é uma coisa, agora, pagar o sacrifício que a vida demanda por ele é outra. Talvez enxergar isso não seja suficiente. Eis a razão pela qual nem sempre mostrar para o outro esse divórcio resolve a questão. Porque o sujeito dessa separação pode não ter condições de dar esse salto. O que me incomoda não é tanto o sujeito quanto o arranjo. Suponha que você ainda esteja divorciado, culpando o mundo por seu desencontro pessoal. Até aí tudo bem. Mas e se você, do alto do seu desconforto, resolve punir alguém por isso? Repassar um débito, que ainda é da sua visão enevoada, para um terceiro (no seu caso, uma terceira) que não tem nada a ver com isso? O que ela tem a ver com a sua dor? E aí esses arranjos se dão num nível macro, diariamente, com as crianças, com os velhos, em profundezas de relações que não conseguimos nem ver a olho nu, mas que estão lá. E se do micro isso escala e fabrica uma falta tamanha numa pessoa, com tal relevância, que ela decide, sem nem pensar nisso, por uma guerra, por uma violência, por uma dilaceração qualquer de alguém que não tem nada a ver. E essa conta não fecha.

— Consigo ver sua solidão, meu amigo. Lamento muito por ela. Não tenho essa dor em mim, eu não ligo tanto assim. Nem vejo tanto as pessoas, espero que consigamos envelhecer o suficiente para rir juntos disso um dia, me faria muita falta você ir prematuramente, porque me parece que tudo é da sua conta, você parece ser um albino nas relações, qualquer ínfimo detalhe, para o bem ou para o mal, lhe queima a pele. Apesar de eu não ligar tanto assim para os outros, sua dor me importa. O que posso fazer por você?

— Já estamos fazendo, meu velho, é o melhor que dá.

— Muito bem, mas uma pergunta me ocorreu aqui: de que adianta você trazer tudo isso no meio da história? O que você ganha com isso? O que os personagens ganham com isso? E o leitor?

— Ainda não sei. Uma história só existe *a posteriori*, antes são apenas ações que vão chegando, se arranjando, depois é que vem o sentido. E mais, somos assim tão atentos a tudo? Não está, lá no início, lá nos outros capítulos, o DNA de tudo o que vai acontecer? Mesmo eu não sabendo ainda o desfecho? Alguém consegue ver isso? Você consegue?

— Eu com certeza não. Vim aqui apenas pelo prazer. É você quem se preocupa em melhorar como ser humano. Mas vem cá, você não está copiando esse momento de outro autor?

— Do Kundera?

— Naturalmente.

— Posso estar, não sei, pra mim isso aqui é uma ferramenta, tem outra função.

— E qual é?

— Vamos descobrir, se houver uma história. E, afinal, isso é uma cópia ou um roubo? Ele saberia dizer? E sabendo, se importaria?

Maria senta-se em um banco do outro lado de uma quadra de esportes e acompanha Moisés, seu novo cão, com os olhos enquanto ele corre cheio de alegria pela grama. Eu e Tomás abrimos um vinho na rua, estamos celebrando a diferença imensa que nos define e, ao mesmo tempo, nossa capacidade de sermos amigos.

UM RESGATE

Ao mesmo tempo em que Maria preparava-se para levar o cão para passear, Roberto estava em seu último copo de licor no bar. Para ele, tanto faz o que está bebendo, importante é não haver ressaca no dia seguinte e o deslocamento emocional interno estar assegurado. Depois do bar, o voo de seu helicóptero acontece silencioso, quase não ouve suas hélices girarem.

Mais e mais, Roberto tem retornado; decidiu parar de variar os ambientes, senta-se a uma mesa em que fica virado para a rua, de costas para as pessoas. Diferentes memórias da Maristela misturadas com pensamentos do dia, com divagações. Difícil porque Maristela lhe vem ocorrendo como um tema inevitável, e aí a cabeça começa voar para outras cenas indesejáveis. Difícil também esquecer aquele sorriso deformado no rosto da colega de trabalho, aquela confusão, aquela vontade de não atrapalhar enquanto morre, sim, desculpe, eu não sei pedir ajuda, nem sei se pedir ajuda funciona, nem nunca vi funcionar, diria o sorriso de Maristela. Difícil ainda não pensar que, por trás da máscara daquelas pessoas do trabalho, aquelas hienas, não existam outras pessoas sem saber pedir, sem saber ser, apenas "sendo" conforme uma cartilha mal escrita, acidental, a que todos temos acesso também de maneira acidental. Difícil saber o que fazer com isso, difícil sair desse lodo, desgrudar-se dessa nhaca. Tenho eu uma paixão pelo difícil?, pensa ele. Mas que desgraça viver pensando, que desgraça, que maldição não saber o que fazer com isso, que miséria nem conseguir afastar, nem conseguir estar junto.

Sem tantas palavras, a bebida o tomava nos braços, lhe dava um sentimento de aconchego: não era remediar aquilo, não era resolver. Era um grande *airbag* que se abria enquanto os acidentes da vida proliferavam colisões na cabeça de Roberto, barulhentos acordes dissonantes que insistiam em criar sentido, e o sentido o assusta, o machuca, o acua, e então o licor coloca Roberto numa bolha, e tudo o mais que eclode em sua mente tem um som abafado. Ele consegue ver um vulto, não mais que isso, daquele universo que se materializa à frente. Está na hora de ir embora, mas não pode chegar em casa assim, bêbado; sua mulher nem desconfia.

***

Ao chegar a seu bairro, Roberto procura por um lugar para tomar uma água, mascar um chiclete, deixar um pouco o tempo fluir, o álcool evaporar. Já avisou à mulher que hoje precisou passar mais tempo resolvendo uns pepinos que o chefe lhe pediu e que amanhã, que será sexta, vai poder voltar mais cedo pra casa. Sim, o estelionato se amplia: agora rouba tempo para si, mentindo ao chefe que sairá mais cedo ainda; e à mulher, que chegará mais tarde. A grande tragédia de não poder ser quem se é são as inúmeras pressões para se tornar, cada vez mais, alguém diferente, que conforte os outros.

Roberto chega à praça, estamos ali ainda tomando nosso vinho, Maria ali também, sentada, vigiando Moisés para não ir muito longe. Moisés ainda está em alfabetização. O cãozinho, apesar de não sabermos sua história, dá sinais claros de confusão. Ainda não sabe se deve confiar em Maria, mas hoje é sua melhor aposta. Tem abrigo, afeto, comida. No entanto suas carnes ainda vibram, ainda lhe jogam para lá e para cá em movimentos bruscos, fugindo de uma coisa que Maria não compreende, reagindo com violência às investidas carinhosas da nova dona.

No entanto, o cão pressente Roberto. Vai até ele. E volta.

Maria levanta a cabeça, checa se está tudo bem. Não quer incomodar aquele estranho. Levanta-se, na expectativa de cuidar para que Moisés não se exceda. Maria acha que cuida de Moisés. Moisés corre latindo em círculos em volta da quadra de esportes vazia. Dá mais uma volta e para em Roberto mais uma vez. Roberto acena, dá a mão ao cachorro, que a lambe com avidez, aquela língua molhada tira Roberto do transe.

— Moisés! Deixa o moço.

— Moisés?! É muita responsabilidade para ele, não?

— Moisés era o nome do meu tio — explica Maria.

— Muita responsabilidade para qualquer um. Ele me parece um pouco assustado...

— Pois é, chegou em casa recentemente, adotei.

— Então ele ainda não sabe como é ter uma casa, tá aprendendo.

— É...

— Quem sabe ter uma casa, né? A gente vê essas janelas acesas e acha que as pessoas sabem o que estão fazendo, sonha que nesses lugares as famílias se entendem, as pessoas se ouvem, que existe "um lar".

Maria, tensa, percebe que a atmosfera da conversa mudou, não sabe ainda como se portar. O sinal volta a soar, lá no fundo de sua cabeça.

— Desculpe, ficou pesado o assunto...

— Não... Sim... — sibila Maria. — Mas é isso mesmo. Basta ouvir. Eu sempre ouço, e ouvindo você percebe que cada casa tem uma coisa.

— Uma coisa... sim. Uma coisa. Os donos da casa, esses que vão e vêm em seus metros quadrados, não sabem o nome da coisa. E a coisa mora lá, com eles.

— É.

— Quantas coisas Moisés já não viu antes de ser adotado, talvez. E agora tá aqui, assustado, mas ele tem também algo que o fez vir, trocar. Lambeu minha mão de novo, você viu? Ele foi embora agora. Mas, se eu der a mão, ele volta.

— Sim, ele volta.

— A gente sempre volta. A gente tem dificuldade de dizer "chega" — continua Roberto.

— É, talvez.

— Como você se chama?

Maria hesita, seu corpo todo hesita, ela não sabe o que aquele homem quer e, ao mesmo tempo, o sinal lhe perturba, agora com um outro timbre, com uma outra qualidade, quase sensorial, quase no corpo, uma energia, uma vibração que não é mais no ouvido.

— Sou Roberto, desculpe a pergunta. Não quero atrapalhar seu passeio. Só estou aqui sentado, não precisa me dizer seu nome.

— Me chamo Maria. Não tem problema, Roberto, desculpe, eu sou desconfiada.

— Como o Moisés? É de família?

— Haha! É, sim, como dizem: gato escaldado...

— Ah, é! Isso aqui é uma bagunça. A gente vê as pessoas por fora, mas não vê por dentro, Maria. É uma loucura. Eu tô com dificuldade em ir pra casa hoje, desculpe te falar. Tô pensando numa amiga de trabalho.

— Entendo...

— Não, não é isso. Ela morreu, eu nem gostava dela. Desculpe, não sei o que você vai pensar, mas não gostar não quer dizer detestar, odiar, eu só não ligava, preferia manter distância. Mas morreu de câncer e me fodeu a cabeça. Não consigo parar de pensar nisso, no quanto as pessoas cagaram pra ela, no quanto a gente tá desorientado... Quer dizer... está? Ou é desorientado? Porque, sei lá...

— Dá pra ver que você tá perturbado com isso. Sinto muito...

— Obrigado. Eu não tô sabendo reagir, pensei que não ligaria, mas... qual a história do Moisés?

— Quer saber mesmo?

— Sim, por favor.

— Peguei Moisés no quintal do meu prédio. Um menino tava enfiando um galho na bunda dele.

— Puta merda.

— É.

— Desgraçado...

— Não diga isso, a gente não sabe como é a casa do menino.

— É como eu disse: você olha essas luzes e pensa em pessoas jantando, se fazendo companhia, mas não é bem assim.

— Nunca é. E ninguém sabe como é, você sabe? — pergunta Maria.

— Não sei. Parece tudo muito normal, mas sempre tem alguém sangrando, um bode expiatório, alguém pagando o preço pelos outros, e os outros nem percebem; parece normal o bode expiatório trazer a própria cabeça num prato, os outros se servem, e então o ciclo tá completo, tá tudo resolvido. Só que ninguém pergunta a opinião do bode.

— Hmm... e nessa situação, quem você é? O bode? Os outros? — pergunta Maria.

— Eu sou o prato. Sou muito bom em sair pela tangente. E você?

— Eu sou o bode, muito prazer.

— Desculpe por isso, não queria jogar sangue na conversa.

— Não precisa se desculpar.

— E você, como bode, pode me contar um pouco? Eu tenho curiosidade, mas nunca tive a oportunidade de perguntar, desculpe, você pode ver que estou num momento ruim...

— Não tem problema. Eu também não sei... Mas me dá uma esperança às vezes. Como se... como se, eu agindo bem, uma hora o outro percebe, uma hora muda, uma hora o cão para de levar ferro, sabe?

— E o Moisés, conseguiu aprender isso sozinho?

Maria ri, constrangida pelo pensamento que julgou proibido, vulgar.

— Não, o Moisés eu precisei resgatar, né, Moisés?

— Pois é. Eu acho que deixei de resgatar um Moisés. E ele morreu. E ela sorria de uma forma... eu não consigo esquecer. É horrível, horrível.

— Roberto... É horrível, eu sei. Essa sua amiga, ela era próxima?

— Não, não era nem uma amiga! Era uma colega!

— Então!

— Então o quê? O Moisés era seu amigo?

— Sim, entendo, é isso.

— Isso o quê?

— A gente tá aqui, sabe? Vivendo isso. E ora vem um socorro, ora não vem. E quando não vem, ou a gente age ou não age. E se a gente não age, a gente paga o preço. E a vida tá lá, só olhando. Veja essa lua, quanto sofrimento ela já viu? Mas também quanto amor? E quanta vida? Você tá se culpando pela sua amiga? Quer dizer... colega? Você tá culpando o mundo? Você tá culpando ela mesma? O que é?

— Boa pergunta, acho que isso não tá claro pra mim ainda.

— Pois é. Eu não tenho um Roberto no trabalho. Lá, se eu errar, me punem, não querem saber. Eles veem que eu faço mais do que sou paga pra fazer, e que nem todo mundo lá é competente, útil, mas muitos são doentes, especialistas em enrolar, em pôr a culpa no outro, tirar o deles da reta. Mas tô lá, é o que põe comida na mesa, e eu suporto. E aí?

— E você não se rebela?

— Roberto, você se rebela?

— Eu pelo menos escapo, eu escorrego daquela desgraça, eles não me pegam...

— Então não entendo. Você escorrega... Tá se sentindo mal porque escorregou e sua amiga, seu bode, morreu?

— Talvez. Mas também tô me perguntando por que o bode não faz nada por si. Precisa de um Roberto pra ir lá salvar? Ou da Maria pra salvar o Moisés?

— Pois é — diz Maria.

— Pois é — suspira Roberto.

Moisés late pra ninguém, o latido ecoa no vão dos edifícios, uma pessoa acende a luz no prédio da frente. Tantas luzes acesas em tantos prédios.

— É ruim não saber o que dizer. Eu não tenho uma resposta — diz Roberto.

— Bom, se isso responde à sua pergunta, eu resgatei o cão.

À porta do cemitério, quiosques vendem coroas de flores, santos, acessórios de acompanhamento do luto. Vendedores cuidam de seu mercado enquanto Roberto anda apressado pela calçada. Para já perto da porta e compra uma flor. Como se fizesse diferença, pensa ele. Por fim, considera que nunca deu nada a Maristela, nada que não fosse acidental. Mesmo o ouvido e o ombro cedidos naquele dia no banco em frente ao prédio da firma foram, sim, acidentais, na falta de um lugar onde pudesse correr a encher meus copos e deixá-la chorando sozinha, morrendo sozinha. Seria então o primeiro presente que Maristela receberia? Não sabe. Sabe que seria a primeira coisa que faria por alguém com quem tão pouco se importava, mas faria porque queria, porque sentia que sim.

Ao pé do túmulo, com a flor ainda nas mãos, se atrapalha. Não sabe se reza, nem sabe rezar. Não sabe se deixa a flor, se a segura, se fala com ela ou se fica em silêncio. Venta muito, a flor balança em suas mãos e isso o desconcentra. Levanta a cabeça e vê aquele terreno vasto, silhuetas de pessoas em outros túmulos, algumas choram, outras ajoelham-se, caladas.

— Tá ventando, né? — diz Roberto. — Olha, eu me sinto muito... muito idiota, nunca fiz isso.

Roberto olha em volta, ninguém o observa.

— Nem sei se você gosta disso, eu mesmo não sei se gosto — continua sua conversa com Maristela. — Mas achei que era importante trazer.

Ele mostra a flor à lápide.

— O que eu tô fazendo, né? Que importância tem isso? Você nem me conhecia, eu não dava a mínima. Você parecia não ver que ninguém dava a mínima! Ninguém ligava pra você. Desculpe... Desculpe.

Roberto coloca a flor perto da lápide, para o vento não a levar.

— Olha, não vou saber fazer melhor do que isso, entende? Minha mãe... ela era muito querida pra mim, Maristela. Quando eu a perdi, não consegui ir ao enterro. Hoje sei que não consegui. Eu achava que isso não tinha importância... Ela morreu sem eu conseguir dizer que gostava dela... que a amava. Não sei fazer isso, na verdade. Eu não sei ser...

Ele observa o santinho de Maristela e a flor que trouxe, ao lado dele.

— É... aqui você iria me dizer que sou uma pessoa com um grande coração, que vim te visitar, que com certeza minha mãe entenderia que eu a amava, e tal... Mas é outra coisa...

Roberto respira fundo, sente a boca seca. Não há controle em si, as hélices do seu helicóptero perdem velocidade.

— Muito bem, primeiro de tudo, admito que não sei fazer isso. E que vou aproveitar hoje pra ir ali mais tarde no túmulo da minha mãe.

— Eu não sei de nada, Maristela. Só sei pensar... e pensar; em tudo, e ver um monte de coisas que não tenho pra quem falar. Assim, eu vou te dar isso, que é só o que sei fazer. Desculpe... desculpe.

Roberto continua:

— Queria só que soubesse que, se você sentia que ninguém gostava de você, ou se tinha medo disso... queria te dizer que isso tudo aqui é realmente uma grande merda. Você só não conseguiu ver isso. Sei lá... estava cercada de gente morta por dentro e não via... não via que nosso chefe é um imbecil... que a Renata não dava a mínima pra você, nem o Fred...

Há uma pausa.

— Maristela, esse negócio de presumir que as pessoas são boas é medo. Só medo. Não sei se eu poderia te ajudar, só penso que poderia ter te dito isso antes. E o fato de as pessoas estarem mortas por dentro não tem a ver com você, nunca teve. Ninguém queria te conhecer, então ninguém sabia quem você era. E tratar o outro como lixo já é, de partida, sinal de fraqueza. Você era a pessoa mais forte ali, mesmo tendo essa mania idiota de se destruir, se doando pros outros... Desculpe, eu não quis te ofender. Desculpe. Eu não tinha visto direito. Hoje eu saberia tentar pelo menos... sabe? Tentar ser um amigo. Desculpe.

Roberto ajoelha-se no túmulo, o helicóptero de sua mente precisa fazer um pouso de emergência para não se destruir. Murmura algo ajoelhado ao túmulo de Maristela, que, pela primeira vez, ouve em silêncio.

Ainda fica um tempo de olhos fechados, apenas sentindo uma solidão incrível, um silêncio sem precedentes, formidável, uma queda livre, entrando pela estratosfera, no vácuo, vendo o tamanho do mundo e o tamanho de si. Ouve, então, um barulho na grama.

"Aquela mulher do velório", pensa. E levanta-se, limpa os joelhos.

— Olá — diz Esther.

— Oi.

— É uma pena, né? A Maris tinha uma alma imensa.

— É.

— Você é parente dela?

— Não, eu e a Maristela éramos amigos do trabalho.

— Ela nunca te mencionou...

— Não sei se ela me via como um amigo.

— Entendo, mas ela era importante para você, não era?

Roberto se levanta. Sabe que tem uma dificuldade enorme em simular, e nesse estado de nervos não vai conseguir.

— Desculpe, eu preciso ir embora. Bom dia.

Então dá as costas e se retira, andando depressa.

***

Quão irônico é o timing da vida. Se olharmos no "grão", no dia a dia, parece que muito do que acontece é uma sucessão de fatos inexpressivos, acordar, comer, pôr o lixo pra fora. É muito difícil ver quando um fenômeno se aproxima de nós, quando um boletim de ocorrência vai dar as caras em nosso dia; quando, dez minutos atrás, estávamos bem e, agora, doentes, agora é grave, agora tudo mudou. É igualmente surpreendente, se prestarmos atenção, ver que nem sempre esses episódios são acidentes puros. Às vezes a trama indecifrável dos fatos se interpõe silenciosamente à nossa frente. Roberto precisou começar a beber e *ao mesmo tempo* ter dado ouvidos a Maristela e *ainda* não ter conseguido suportar um ímpeto de visitar o túmulo dela para que um novo fato se somasse a tudo aquilo que acontecerá à sua vida.

Assim o é. Um dia alguém se levanta e decide que vai de fone de ouvido para o trabalho, para a faculdade, buscar um pão, e aí não percebe um carro que avança na faixa de pedestres. Aquela escolha é decisiva? Há como mitigar esses incidentes? Talvez. Mas o que aconteceria se fôssemos capazes de mitigar tudo? Saberíamos o que valeria a pena ou não evitar?

Roberto é um grande mitigador. Esther não teve essa oportunidade. Roberto vai a um bar novo hoje para mitigar um problema: os garçons do bar antigo estão ficando próximos demais, e isso o incomoda. A proximidade traz uma visão incômoda a Roberto, a de que tem bebido com regularidade. Isso fica ao largo de seu julgamento. Quando lhe perguntam, Roberto inclusive ainda se considera alguém que não bebe.

Para Esther, não, o fato já lhe ocorreu. Esther está depois da linha do ocorrido, toda a gramática de seus sentimentos se expressa partindo do dado que ela já amarga um passado, o indesejado. Já tem uma memória dentro de si que a dilacera, um grande objeto malquisto, parafusado em sua visão periférica. Curioso, ainda, é que hoje Esther também preferiu mudar a rotina, não foi à caça nos bares habituais, onde já tem domínio do território, dos ritos; fez diferente. Estava cansada do ambiente anterior, esgotando suas presas. Ela parou então o carro em algum lugar e desceu, pediu um drink e ficou sentada analisando a cena.

Distrai-se com o drink, precisa definir uma estratégia, porque numa das mesas tem um cara sozinho, que não para de encará-la, como se estivesse vendo em seus olhos uma confirmação que ela mesma não reconhece. Na outra, um homem mais velho do que ela, uns dez anos, fala alto, a observa de canto de olho, tenta entreter os amigos enquanto dá pistas de que é diferente, de que ali, naquele espaço, é um notável, é ele quem manda... E por aí vai. Um jogo velho pra ela, que suspira, parece entediada, descobre alguns lugares onde pode perder o olhar, e lá o repousa. O álcool lhe chega às veias e a deixa à vontade, o senso de humor muda.

Aquele cara ali na mesa virá. Está óbvio, está reunindo coragem, tentando fabricar um assunto, lá vem...

Esther finge que não o vê, recorre aos cantos de seu campo de visão em que não há ninguém tentando impressioná-la e, num deles, vê Roberto. Ele está de costas para o bar, tomando uma bebida estranha, parece ridículo, mas também uma boa oportunidade de fugir da emboscada que se arranja para ela.

Assim que o homem se aproxima, ela se levanta com seu drink, finge que ele não vem em sua direção, e o atravessa, indo ao outro lado do bar onde está Roberto, como se avistasse um velho amigo.

— Você é o amigo da Maris, não é?

— Bem...

— Te incomodo? Vou embora?

— Não, tá tudo bem, é que eu não era bem amigo da Maristela. E você já me perguntou isso duas vezes, e tô com a impressão de que, se eu concordar, vai ser ruim.

— O quê? Você vai me enganar?

— Não, eu vou me enganar. E isso não dá.

— Nobre da sua parte, vamos brindar à Maris. Veja, você já não está se enganando tomando esse drink de menina?

— É que eu não bebo — diz Roberto.

— Você vem a bares e compra essas bebidas esdrúxulas então pra quê? É porque se odeia, então?

— Não é o que todo mundo que bebe faz? Pensei que fosse, já que o gosto é sempre horrível.

— Beber é uma arte. Como você se chama?

— Roberto.

— Muito prazer, sou Esther. — Esther dá um sorriso aberto, oferece sua mão para apertar. Roberto o faz sem entusiasmo.

— Não sei se te pergunto da Maristela, se te pergunto da bebida, se te pergunto desse aperto de mão xoxo.

— Você parece boa nesse negócio de assuntos, né?

— É o que eu faço de melhor.

— É uma arte também — presume Roberto.

— Sempre.

— Interessante, a minha arte é outra.

— E qual é?

— Problemas. Eu sei ver problemas. Em tudo, de preferência.

— Deve ser duro, lamento por isso, que tipo de problemas você vê?

— Bem, vamos pra sua pergunta? Pras suas perguntas, na verdade, né? Você conhecia a Maristela havia quanto tempo?

— Nos falamos algumas vezes, a gente frequentava a mesma clínica.

— Perceba que, nem eu nem você, então, éramos amigos dela, né?

— Não é bem assim.

— Fale sério.

— OK. Digamos que é por aí...

— Eu conheci uma Maristela assim: sempre sorrindo, mesmo levando patadas de todos. Só, sem ninguém que se importasse, uma fodida tentando relevar tudo o que acontecia, tentando viver "apesar de", mas parece que não deu, parece que pesou.

— Sinto muito.

— E aí estou bebendo essa coisa ridícula, como chama isso?

— Acho que é um Cosmopolitan.

— Muito bem, até o nome é ridículo.

— Entendi, é um luto pela Maris?

— É um luto por todo mundo.

— Obrigada pelo luto por mim, não sabia que você se importava.

— Eu te disse que sabia ver problemas.

— Ah, é? E o que está vendo?

— Tristeza, um pouco de medo e uma névoa bem grande.

Esther toma um gole da bebida e, ao olhar Roberto, suas pupilas mudam de tamanho.

— Uma névoa? Então é sinal de que não está vendo muito.

— A névoa, em si, já é um sinal importante.

— Ah! E de quê?

— Diga você, eu não vou entrar no seu labirinto, foi você que veio até minha mesa, quis testar meu aperto de mão.

— Você é casado?

— Sim.

— Entendi. Está seguro em casa então, feliz.

— Não sei. Não sei se isso existe, inclusive.

— Eu também duvido muito. Mas então, temos uma não-amiga, uma não-bebida e um não-aperto-de-mão. Acho que você já está dando solução para o problema que viu, né?

— Sim, do jeito que posso. E sua névoa, já é uma solução?

— Eu não concordei com você, não disse que tem uma névoa.

— Essa resposta já é parte da névoa. Não vou buscar você atrás dela. A minha vida é ver as pessoas se destruírem com muita justificativa. Elas não vão mudar, e já tenho problemas suficientes pra cuidar. Então fique à vontade, se você não quiser dizer nada, não diga. Não há dúvidas de que você quer informações a meu respeito, e pra quê? E depois? E se eu te der o que você tá buscando, sabe o que fazer com isso? Vai mudar alguma coisa? Você não vai estar em outro bar, em outra mesa, em outra conversa?

— Isso foi machista.

— "Drink de menina" também foi. Primeiro você pensa se o que eu disse tem fundamento, depois coloca uma etiqueta nisso.

— Vou te dar um pouco de verdade, então. Sabe o que me fez vir até aqui? Tinha um idiota tentando me cantar ali na outra mesa, e foi oportuno vir conversar, porque sempre tem um idiota, em algum lugar, que não contém o que tem entre as pernas, não tem senso de oportunidade, não sabe o que é sim, o que é não, e avança o sinal.

— Já teve outros idiotas?

— Sempre tem.

— Seminévoa.

— Azar o seu, é o que eu tenho pra dizer.

— Entendo. É um problema. Aí você procurou o outro idiota, o do drink esdrúxulo.

— Até agora você não fez nada idiota, não vou te julgar pelo drink... já você parece estar me julgando.

— Não se sinta tão especial, eu julgo todo mundo. De qualquer forma, fico feliz em não ser um idiota sem senso de oportunidade. Você quer ficar aqui só fingindo que conversa e depois ir embora? Eu posso fazer isso também, assim você não precisa tentar ter uma conversa comigo, e ainda se protege do seu idiota de estimação.

— Isso já me parece uma conversa, você está fugindo dela?

— Não, eu só não tenho a mesma gana.

— E por que não?

— Porque vou ter que te fazer perguntas, e aí mais névoa, você vai me meter nesse labirinto, e eu não quero, eu sei que tem um problema aí dentro, e tem outro aqui dentro de mim. Daí que vou ficar tentando e você vai ficar fugindo do assunto e, mesmo que eu descubra, não me importa.

— Você já viu que há um problema, então.

— Agora você é quem assumiu que há um problema, enfim.

— Você não admitiu que tem um problema aí também?

— Foi o que fiz. Olhe para essas mesas, vou te emprestar meus óculos. Cada uma dessas pessoas já é um problema pra si. O seu amigo idiota, ele é um cara só, não sabe o que fazer pra criar um relacionamento que funcione e, mesmo quando cria, não sabe manter, e não sabe ver qual a responsabilidade dele nisso. Então ele culpa tudo, todos, sempre, ele mesmo nunca é o culpado, não tem *mea culpa*. Aquele outro ali, aos berros, precisa se sentir no controle, ele não consegue imaginar a hipótese de ser coadjuvante numa situação, precisa liderar, mandar, ele nem sabe o que é, mas os olhares das pessoas dão a sensação de que ele tá indo bem. Mas está? Porque eu vejo nos olhos delas cansaço, chateação, tédio, falta de algo melhor pra fazer, aquele outro ali...

— Percebo, percebo. E você é a diva das virtudes. Taí com seu drink esdrúxulo, só fazendo diagnóstico.

— Até o momento é o que eu sei fazer. Talvez por isso o drink esdrúxulo. O seu é bom, afinal?

— Para quem sabe o que é, é.

— Muito bem.

— Você não sabe tocar uma conversa sem se defender? Tipo, ir levando o assunto? Podíamos ter só falado da Maris, nos apresentado, e tal...

— Obviamente não sou eu quem está se defendendo. Você tá procurando algum tipo de acolhimento? Eu posso te ajudar nisso? Já falhei com a Maristela, não gostaria de errar de novo por falta de compreensão.

— Te parece que estou?

— Quer que eu responda ou você mesma quer tentar responder?

Esther dá um gole em seu drink, olha para as pessoas no bar, essas que Roberto lhe apresentou. Tem vontade de ir embora, aquilo não está funcionando como de costume. Fica calada pensando. Roberto também. Ele pede ao garçom mais um drink esdrúxulo.

— Você vai ficar em silêncio? — pergunta Esther.

— Eu não quero ser um idiota. Mas também não vou jogar isso daí. Temos um impasse, agora você escolhe como quer se mover.

O LUGAR ONDE SE TEM O CORAÇÃO

Aquelas últimas palavras de Maria ficaram impregnadas nos ouvidos de Roberto. "Eu resgatei o cão", foi o que disse a ele naquela noite. O cão de quem ela falava ainda circulava numa alegria, numa liberdade e numa aflição, latindo pela quadra de esportes. Os latidos ecoavam entre os prédios, era como se o cão tivesse coisas importantes a dizer. Maria o chama de volta e se despede.

Enquanto Moisés vem, ele a encara. Ou assim ela o sente. Maria estremece. Agacha-se para pegá-lo. Ao fazê-lo, o cão sobe em seu colo, se aninha em seu peito. Maria começa a chorar. Moisés continua encarando a dona. O corpo quente, acolhido junto ao dela, se torna mais macio, mais aconchegado, encontrou o lugar certo. Chegando ao prédio, as lágrimas descem dos olhos de Maria, mesmo ela se esforçando para contê-las. Escorriam pelas faces e ela, sem saber o que está acontecendo, senta-se com o cão em um banco de pedra. O sinal que Maria ouve dentro de si muda de qualidade, fica denso, encorpado, como um instrumento de sopro, talvez uma tuba, tocando uma nota longa, que distorce a área comum entre o que acontece por fora daquela mulher e o que sucede por dentro.

Ela se desespera. Deve subir assim? O que contaria ao marido? Que conversou com um estranho numa quadra de esportes enquanto passeava com o cachorro e chegou em casa completamente desestruturada? Ou mentiria? Faz sentido atribuir àquela conversa com Roberto esta perturbação toda que crispa seu corpo, que faz verter lágrimas sem saber o porquê, com um cachorro na mão, perto das dez da noite, embaixo de seu prédio?

Ou deveria atribuir à insólita conversa com seu cão, naquele momento em que Moisés, um animal resgatado que até então fugia do contato com Maria, que até então, às vezes, reagia mal às suas tentativas de carinho e que também não sabia diferenciar quem é amigo de quem lhe quer enterrar um galho de madeira nas entranhas, mas então decide subir no colo de sua dona, sim, sua dona, e se aconchegar, tal qual um cidadão refugiado em outro país, um náufrago, alguém que finalmente encontra uma terra para descansar seu corpo esgotado de tanto vagar.

Isso Maria viu, e viu dentro de si. E ao ver dentro de si, o sinal mudou de novo. Agora menos metálico, mais como uma corda de violoncelo, modulando sutilmente aos poucos a frequência, abrindo um espaço dentro da cabeça que ela não conhecia, um lugar estranho e que igualmente a estranha. Maria não sabe o que fazer com essas informações, não lhe faz algum sentido ir tão longe, tão longe num passeio de noite com o cachorro que agora, sim, é dela.

O fato é que a partir daí a relação com o cão mudou por completo. A vida interna de Maria também, e ela começou a detectar uma dinâmica no sinal que a habitava. Começou aos poucos. Primeiro percebeu que Moisés lhe trazia uma calma diferente, que o levar para passear era mais um momento seu que do próprio cachorro, e que nessas saídas ela podia ter visões de si por dentro, visões que às vezes não se davam na presença dos outros. Depois, começou a sentir os rompantes naquele sinal, ao conversar com seus chefes, ao dirigir, ao pedir qualquer ajuda ao marido. Este recebeu tais mudanças com algum desconforto. Maria repentinamente deixou de ser uma lagoa plácida, um lugar onde ele podia atracar em paz, e passou a ser um mar imenso, com calmarias, mas também com tempestades.

Sua paisagem interna agora era ativa, com frequentes transformações. Muitas lembranças de sua vida de outros tempos, fora do país. Maria não tinha para quem falar disso. E os passeios com Moisés tornavam-se longas conversas em que ela trazia as cenas, em silêncio, enquanto o cachorro lhe retornava alguma atenção, também em silêncio; às vezes se perturbava, corria, voltava, deixando espaço suficiente para que Maria desenhasse essas imagens sem qualquer restrição. Uma dessas cenas em especial me chama atenção:

> Era inverno e, lá nas terras onde Maria morava, fazia um frio de nevar. Havia semanas, Maria apenas ia para o trabalho e voltava para casa, preparava o que comer e olhava a neve pela janela. Às vezes, conseguia conversar um pouco no celular com alguém e, num dia bom, conseguia uma chamada por vídeo. O mais comum eram essas noites de neve, as ruas escuras, sem movimento, as luzes acesas enquanto todos se protegiam do frio. Havia em Maria uma urgência de agir, e ela não sabia o que era. Normalmente, as conversas on-line com a mãe também não ajudavam muito; quando tentava esboçar uma ponta de carência, de solidão, a mãe falava em Deus, prescrevia uma visita à igreja e abria pouco espaço para Maria colocar o sofrimento na mesa.
>
> Por outro lado, não era incomum Maria oferecer suporte emocional às pessoas à sua volta. Tanto para a mãe como para amigos na terra natal, que se apressavam em lhe contar as aflições, mas, com a mesma velocidade, se tornavam inacessíveis às de Maria.

Maria vai então à igreja, tenta ouvir o conselho da mãe. Porém, religião nunca foi seu forte, e aquilo tudo soava um pouco experimental e desconfortável. Escolheu uma na internet que estivesse no caminho do porto por onde gostava de andar no fim do dia. A ideia principal era que, caso a experiência fosse infrutífera, passearia pelo porto antes de o sol se pôr e depois voltaria para casa.

Entra, senta-se ao fundo, num dos últimos bancos, perto da porta, pronta para uma eventual escapada. Aquele espaço realmente era bonito, realmente grandioso. Passa os olhos pelos vitrais, todas aquelas pessoas em situação de suplício e salvação, anjos intercedendo, homens e mulheres, todos brancos, em cenas épicas. Maria se lembra de sua cor. Não há naqueles belos vitrais uma Maria como ela. De qualquer forma, tenta relaxar no banco, tenta falar com um interlocutor invisível, com alguém, dentro de sua cabeça talvez, ou que more ali naquele espaço. Ouve uma voz suave, naquela língua local, vindo por trás de seus ombros.

— Posso ajudá-la, filha?

— Não... Não sei. Na verdade, faz muito tempo que não entro, sabe, numa...

— Entendo, filha, você fala muito bem o idioma, parabéns. Se precisar de mim... — E a pessoa foi saindo.

— Acontece que não sei muito bem se preciso de ajuda, acho que não sei se já a recebi, não sei como é.

— Imagino que você se sinta só, não é?

— Acho que sim.

— Deus acompanha a todos, minha filha, todos precisamos de ajuda para caminhar nesta terra. De onde você é?... Bem, não precisa me dizer, isso não importa, na verdade. O que importa é que você está aqui. Como se parece a ajuda que você veio buscar?

Maria olha em volta. Há algumas pessoas que, como ela, com certeza não nasceram naquele país e que, como ela, estão ali em busca de algum consolo. A primeira vontade que sente é a de simplesmente ir embora, mas o ímpeto de responder àquela pergunta se torna mais forte.

— Quando olho em volta, sinto que todas as pessoas que precisam de ajuda aqui se parecem comigo. Como se, em outro lugar, a ajuda existisse, mas aqui, onde estou, sou sempre eu quem traz a ajuda... Desculpe se não consegui me expressar, eu quis dizer que...

— Continue, filha, continue.

— Eu tenho essa sensação de que as pessoas estão todas caindo impotentes em meus braços. E eu as consolo, elas moram no meu colo, não sei se fui clara. Mas eu não tenho um colo para chorar.

O padre respira fundo, dá uma longa bufada e ajeita seus óculos. Contempla os vitrais em busca de um suporte sobrenatural para responder àquela mulher, que com muito esforço exprimia seus desassossegos. Senta-se ao lado de Maria, falando em voz baixa, para manter a conversa entre eles.

— Veja bem... Como você se chama?

— Maria.

— Maria... Maria... Você crê em Deus?

— Para dizer a verdade, padre, não. Eu prefiro dizer a verdade. Mas há muita coisa que não entendo. Mas não sei se, só por isso, eu deveria acreditar em Deus. A minha mãe...

— A sua mãe, sim, não é?

— Sim, ela sim.

— O Deus da sua mãe, filha, lhe parece familiar?

— Não, padre. Não parece.

— Então é por isso. Esse não é o seu Deus... Você me parece um pouco desolada. A decepcionei?

— Desculpe, eu fiquei um pouco confusa, padre, o senhor sabe que estamos numa...

— Sei, claro que sei. Mas aqui e agora o que importa é você. E você não O encontrou ainda. Não basta confiar no que nos dizem, é preciso confiar no que se vive. E você precisa saber chorar, precisa perder tudo antes de encontrar esse colo que procura. Como você disse, esse colo é o dos impotentes... É preciso estar impotente para encontrá-lo.

— E hoje eu não estou?

— Essa é uma pergunta que deixarei você responder. Eu infelizmente não sei de tudo. Sou apenas o padre desta igreja. Veja, sei que você não vai voltar, mas compreendo seu suplício, saiba que ele é menos incomum do que você imagina. Um instante, já volto.

O padre segue para o fundo da nave, numa saleta perto da entrada. Maria o vê através do vidro, ele se senta e escreve num papel. Então retorna rapidamente, volta a se sentar e o entrega a ela.

— Veja, veja se você consegue ler, desculpe pela minha letra, estou muito velho.

— "Onde você deposita seu coração e em quem você pode confiar, este é, pois, o seu Deus" — Maria lê alto, e olha para o padre.

— Sim, filha. Foi o melhor que pudemos fazer. Não há respostas melhores a essa sua questão. Aqui eu ajudo questões menores, pessoas que precisam e já estão prontas para cair chorando em um colo, impotentes. Acho que você tem uma outra jornada, lamento não poder ajudar mais.

Essa imagem marcou Maria; esse colo, que o padre mencionou. Por um tempo, ela chegou a pensar que aconteceria com a chegada do primeiro filho. Mas não. Ainda com alguma esperança, imaginou que, nas próximas vezes, esse lugar se concretizaria. Eles chegaram para morar em seu colo, junto com o marido, com a casa e, para sua surpresa, com sua mãe. Ainda em sua caminhada, Maria pensa em Luiz, seu irmão. Estaria ele também repousado em seu colo? Luiz é diferente. Ele não costuma aceitar o colo de Maria ou, se o aceita, é apenas para não a magoar. Sente raiva de Luiz. Raiva de ele não aceitar seu colo nativo da consolação, uma vez que ela mesma não tem, ou não está pronta para ter, como diria um padre de outro país, um colo para impotentemente chorar.

Confusa essa situação. Maria se lamenta de não haver consolo para si, e se revolta de haver quem não aceite o consolo que ela quer dar. A quem ela quer dar esse consolo? O que este consolo resolveria na hora final, quando por fim for consumado? Os passeios com Moisés tornavam-se cada vez mais longos. Ao mesmo tempo, Maria ganhava uma vida paralela, um espaço. Pela primeira vez sentiu que, dando colo àquele cão acolhido da rua, recebeu em troca um lugar, um lugar seu.

COMEÇAR DE ALGUM LUGAR

Esther abre a porta de casa, acende a luz e joga a bolsa no chão. O apartamento, minuciosamente organizado. Peças de artesanato de vários países, tudo alinhado, limpo, no devido lugar. A bolsa no chão da casa, os sapatos jogados e a roupa largada sobre a sapateira geram um grande ruído naquele arranjo harmônico. Em oposição a isso, cenas de Roberto no bar ainda lhe assaltam a memória. De todas as vezes que saiu para caçar, nunca voltou sem sucesso. Não importava se o homem era casado ou não. Se era velho, novo. Nunca havia sido rejeitada na vida. O que fora rejeitado ali? Seu corpo? Seu "labirinto"? De que labirinto ele falava? Não conseguia entender se mirou errado ou se errou na dança. O celular não para de receber mensagens, mais homens, mais convites, demandas, interpelações. Cada vibração lhe incomoda como uma das respostas de Roberto.

Vai ao espelho, repete "também não vou jogar isso daí!" com a voz de Roberto, tentando parodiar seu jeito e adicionando um ridículo à expressão facial dele. Vejo daqui o fio de Esther, proeminente, inflamado. Ela não o vê. Saindo de suas costas, para onde ela olha, aquilo lhe foge das vistas. Essa coisa louca que é a mente, uma corda, um tímpano a reverberar sentidos para sempre e sempre. Acontece um fato há dez, vinte anos, e continua lá, ressoando numa câmara de eco e não para, basta ter alguma importância, às vezes nem isso. Seu fio puxado ressoa múltiplas cenas, em diferentes profundidades de campo. À frente, no foco, o olhar perscrutador de Roberto. Atrás, o resto sem foco, outros sons sem definição, um esmagamento repentino lhe empurra pela casa, pega um copo d'água, deixa na pia, liga a TV, vai para a janela. Lá está: a cidade, onde sempre esteve, cheia de histórias; a de Esther, apenas uma delas.

Volta ao espelho e não consegue perceber a beleza do outro lado. Vê um monstro, decrépito, um cadáver, uma criatura disforme, desproporcional. Checa as mãos, os dedos. Ter um corpo é estar para sempre sujeito a experimentar dor e violências, de todos os lados, inclusive de si. Esta será uma noite mal dormida.

Na verdade, foram várias madrugadas em desconforto. Se normalmente Esther ia uma vez por quinzena a algum de seus redutos para caçar, desta vez foi a semana inteira. Estava afiada, concentrada, robusta. O sexo era bruto, mecânico, mirando um clímax específico e o desenrolar de seu protocolo de fuga. Os funcionários das casas que frequentava estranharam, começaram a desconfiar. As presas adoraram, alguns dos homens engolidos por Esther retornavam, à espera de uma recaída, mas sem sucesso. Deu até briga. O próprio caos que se instaurou tornou inviável que Esther desse continuidade àquela rotina, impondo-se um regime doméstico inquieto.

Tentou voltar ao bar onde encontrou Roberto, mas ele não estava lá. Foi mais uma vez, para ver se errou no dia: nada. Voltou ao cemitério, pareceu-lhe oportuno fazer uma visita póstuma à amiga, levar umas flores, talvez o gesto acalmasse as duas. Maristela ainda estava lá. Roberto, não. Sentada no túmulo da amiga, Esther relembra as (poucas) cenas de convívio com ela. Não sabia o que colher de dentro de si para agravar o luto. Queria senti-lo mais forte, mais denso, mas só havia vazio e silêncio, além de um vento leve nas árvores. Ao descer as vias de acesso do cemitério, sua vista captura um vulto sentado em um túmulo. Familiar. Checa com discrição, é Roberto, está em outro túmulo, dissociado. Esther sente uma palpitação no corpo, um ímpeto de avanço. Mas não, ainda não.

Ao contrário, continua descendo e espera Roberto se movimentar. Ela o observa à distância, o suficiente para não ser vista. Acompanha-o em direção ao carro e, com seu próprio carro, prossegue. O que eu tô fazendo?, repete para si mesma enquanto dirige. O carro de Roberto circula de maneira errática até parar em uma praça, onde crianças brincam em um playground. Esther estaciona mais afastado, o coração à boca. Vê Roberto descer e sentar-se no banco no fim da tarde. Rapidamente ele some na paisagem, toda aquela ilusão de normalidade se construindo à sua frente. Esther desce do carro, rápido, começa a andar, e volta, O que é isso?! O que é isso?!, entra no carro e o tranca, fica olhando para frente. O que você tá fazendo?

— E agora? — fala alto dentro do carro.

O medo de uma nova rejeição a paralisa, sente as mãos frias, suadas. No retrovisor, ainda enxerga aquele cadáver que lhe é familiar.

Desce então do carro e vai em direção a Roberto, ofegante, não sabe mais se é ela quem caça ou se é caçada. Flashes lhe castigam a mente, mas ela continua andando, como que indo a um sacrifício autoimputado. Roberto está em outro momento, não vê o que há à sua volta, não pressente a aproximação de Esther, que para ao seu lado:

— Oi, posso me sentar? — diz Esther, a voz hesitante.

— Olá, Esther, que coincidência. Me parece que a gente tem os mesmos hábitos. — Roberto faz um gesto com o braço, mostrando o espaço para ela se sentar ao seu lado.

— Na verdade, me chamo Bárbara. Desculpe por isso, acabei criando uma "defesa" na rua, com gente que não conheço.

— Entendo... Sem problemas. Eu continuo me chamando Roberto. Você mora aqui perto?

— Não, e você? — replica Bárbara.

— Não tão perto. Tenho encontrado uns lugares para ficar um pouco, recuperar o fôlego. Você tá aqui fazendo o mesmo?

— Não. Eu te segui. Desculpe. — Bárbara acaricia as mãos nessa hora. — Não sei mais o que dizer. Fui visitar a Maris no cemitério, vi você lá. Acho que fui muito bruta no bar, queria pedir desculpas.

— Não se preocupe com isso. Obrigado por dizer a verdade. Era só isso?

— Não... Acho que você tem razão.

— Sobre...?

Bárbara aperta as mãos, como se uma delas fosse a de uma criança e a estivesse segurando para atravessar a rua.

— Eu fiquei curiosa, na verdade. Também com aquela bebida ridícula...

— Lá vamos nós... — Roberto ri.

— Você foi visitar a Maris? Você tava em outro túmulo.

— Não. A Maris não me importa. Já aceitei isso. Fui ao túmulo de minha mãe.

— Lamento por isso, ela morreu recentemente?

— Faz quase dez anos.

— Faz bem visitar nossos mortos.

— Não sei — diz Roberto. — Acho que temos muitos fetiches com o corpo morto, mas nenhum respeito pelo corpo vivo. Não sei o que senti. Esperava me sentir culpado, mas me lembrei de alguns momentos e senti saudades, quase me alegrei com isso, aí, sim, me senti culpado. Mas demos uma virada aqui, né? Eu tinha razão sobre o quê?

— Acho que estou mesmo num labirinto — diz Bárbara.

— Seja bem-vinda. Eu também estou.

— Você disse que a Maris precisava de acolhimento, mas você não percebeu.

— Eu preferi não perceber, e me arrependo. Mas, se voltasse atrás, também não tenho certeza do que deveria fazer. Como é o seu labirinto?

— Topa caminhar um pouco?

Roberto e Bárbara saem da praça e andam alguns quarteirões, a tarde em sua hora mais dourada, os carros se enfileiram nas vias principais, enquanto os dois entram por uma alameda isolada.

— Eu não sei, mas acho que não tenho com quem me confidenciar. — Bárbara reinicia o assunto.

— Nem eu.

— Você não conversa com sua esposa?

— Claro que converso, mas, desde que nosso filho nasceu, parece que a gente vive essa missão de criar um filho. E, não sei, sinto que minhas preocupações são secundárias. Acho que ela pensa assim também. É muito estranho bancar um filho nesse mundo. Não bastasse ser um servo no meu trabalho, chegamos em casa e não somos indivíduos, somos servos do bem-estar do nosso guri, e nem parece que ele nos cobra isso. Você tem filhos?

— Não, acho que não consigo mais, é uma longa história.

— Quer começar por aí?

— Não sei.

— Você vai precisar começar de algum lugar, né?

Bárbara não responde, apenas suspira.

— Posso ir perguntando? Aí, se você não quiser responder, basta não dizer nada.

— Tá.

— Você esperava alguém no bar naquele dia?

— Não. Apenas parei para tomar um drink.

— Sempre faz isso?

— Eu tenho minhas rotinas.

— Consegue dizer mais?

— Eu saio às vezes, quando quero transar. Vou a algum lugar familiar e espero, é comum aparecer algum homem...

— Um "idiota com senso de oportunidade" — completa Roberto.

— Sim, ou isso.

— Desculpe, continue...

— Ou eu mesma vou e puxo assunto.

— E aí você vai pra casa dele? — pergunta Roberto.

— Não.

— Entendo, você o leva para casa.

— Não. Como isso é difícil... — Bárbara fica em silêncio.

— Você tem medo de eu te julgar?

— Sim.

— Te julgar como o quê?

— Como uma vagabunda.

— E se eu te julgar assim? Você pode simplesmente ir embora, né?

— É.

Eles fazem a volta para retornar a seus carros. Em pouco menos de uma hora, Roberto precisa estar em casa, prometeu levar umas compras que faltavam para o jantar. Andam um pouco sem dar palavra alguma. À sua frente, a cidade lhes apresenta sua face mais bela, mas também uma infinidade de pessoas dentro de seus carros, se afunilando em sinais, enfileirando-se nos retornos.

— Eu pensei e pensei aqui. Muitas mulheres têm esse poder, de sair e escolher quem quiserem. Não são todas. Não sei qual seria o paralelo com homens. Não é um paralelo exato. Talvez para o homem seja pagar prostitutas. Para os que têm dinheiro, seria irrefutável. Nem todos têm, né? Nem todas as mulheres podem escolher o homem que querem...

— Isso foi machista, Roberto.

— Pensei que a gente tava num território sem julgamentos.

— Desculpe. Foi um reflexo.

— O que você busca com isso?

— Não sei. Faz um tempo que só sei fazer assim.

— Desde quando?

Bárbara não responde. Roberto ouve a respiração dela, profunda e úmida. Sente-se fazendo uma microcirurgia, muito cuidado, tudo absolutamente devagar.

— Encontrou alguém interessante assim?

— Encontrei.

— E ele?

— Me deu um fora, falou "não vou jogar isso daí".

Ambos riem, começam a ver a praça, o playground.

— E você? — pergunta Bárbara.

— O único homem de quem eu quero algo é meu chefe — responde Roberto.

— E ele é bom de cama?

Ambos riem.

— O que eu quero mesmo é que ele me largue. Temos um acordo silencioso, eu trabalho e ele ganha o crédito. Ele tá sempre atrás, querendo mais, e eu fugindo, com a bunda encostada na parede.

— Consigo ver, cada um com suas perversões, né? Mas, assim, falando sério, você sente falta da sua mãe? Ela foi muito importante?

— Foi. Preciso aprender a falar isso: "foi" — repete Roberto. — Mas não consigo pensar muito mais do que já te disse. Logo vem uma enxurrada de sentimentos.

— Sei como é ter uma enxurrada de sentimentos.

— E na sua enxurrada, o que vem?

— Não sei. Fragmentos. Um peso brutal, eu esmagada, imóvel, uma vergonha.

— E o que alivia?

— O bar.

— Bom, pelo menos em algum ponto concordamos — completa Roberto.

— Escuta, vamos evitar outra perseguição? Posso te pagar uma bebida outro dia?

— Mas eu não bebo! — Roberto responde de maneira séria, inaugural.

— Ah! Claro! Eu pego uma bebida e você, aquelas coisas ridículas.

Ambos se despedem. Roberto entra no carro e parte. Bárbara volta ao parque e se senta. Observa as crianças brincarem, parece que parte do peso sumiu. Enquanto as crianças gritam e correm no lusco-fusco do fim do dia, seu corpo responde, como se fosse criança também, e fosse se levantar e correr com elas naquele momento. Sente o ar entrar nos pulmões, checa as mãos, estão lá, com as cores e tramas que há tempos não via. No caminho de volta, o barulho das crianças ainda ecoa em sua memória, um eco novo, com mais cores, um hóspede novo em sua cabeça.

UMA ETERNA LINHA RETA

É meio da manhã. O quarto do casal abunda em espaço, ornado com móveis assinados, escolhidos pela mulher, que ainda dorme. Ele, já de pé, abre o closet. Demora-se para decidir qual roupa usar. Hoje estaria mais magnânimo? Mais agressivo? Mais sexy? Caminha pelo corredor, passando pelo quarto do filho que também recém acordou. Matheus para à porta, pergunta se está tudo bem. A criança acena com a cabeça. Matheus sussurra que, dali a pouco, a mãe se levantará para fazer o café. Dirige-se à sala, uma sala grande, com ambientes diferentes, preparada para receber gente. Um piano também, no canto, no qual Matheus costuma dar suas palhinhas a convidados quando os recebe.

Abre o celular, uma mensagem de Felipe o chamando para jogar squash. Que Felipe o admira, não há dúvida alguma. Assim que chegou ao escritório, pela sua jovialidade, pela altivez e pela qualidade dos ternos, Matheus chegou a imaginar que teria um rival, alguém com quem competiria por espaço e recursos, bem como pela confiança e generosidade da presidência da firma. Mas não. Nada como o tempo para revelar a substância das pessoas. Felipe, mais e mais, se mostrou alguém cordial, um lobo filhote em busca de um adulto para liderar a matilha, e achou então a pessoa certa. Afinal, Matheus não chegou àquele cargo por acaso, muitas foram as batalhas até conseguir eliminar, um a um, os desafetos, os rivais, os dissidentes.

Felipe quer aprender com quem sabe, pensa Matheus. Vou de moto hoje. Antes de confirmar o encontro com Felipe, um pouco de redes sociais: primeiro, uma análise de seu próprio perfil. Uma das fotos não o agrada, e ele a apaga. As demais estão bem. As cores estão bem; combinam entre si. A variedade dos temas, dos locais, das roupas... Só Matheus é o tema contínuo. Seu ângulo favorito, o sorriso no lugar certo, os olhos dizendo sutilezas que as pessoas tentam decifrar nos comentários. Matheus tem uma audiência, e a nutre. Há homens que gostariam de estar em seu lugar, mas também mulheres que gostariam de chamar sua atenção, e ainda pessoas que o odeiam, que o criticam, com certeza. A essas ele não responde, mas deixa lá os comentários, para expor as dores desses ódios, que apenas coroam seu sucesso.

Agora um anúncio. Um SUV, sim. Esse é um dos mais tradicionais, pensa Matheus, que tem um outro, mais moderno; o dele, mais caro e mais completo, compara mentalmente. Mas ainda assim o anúncio reverbera: aquela estrada limpa, o SUV chegando na cidade, sem obstáculos, movendo-se sempre, sempre em frente, numa eterna linha, contínua, soberana. Matheus se imagina dirigindo esse SUV. Ele tem (e prefere) o próprio carro, mas pode imaginar como seria o outro, seu peso em movimento, mas também seu silêncio, a resposta do volante, e todo aquele espaço, todo aquele caminho a prosseguir sem interrupções, o principal, sem interrupções.

Vai então em suas publicações, e lá encontra um vídeo seu pilotando o carro, numa estrada no meio do nada. Vê-se apenas a paisagem, o sofisticado painel do carro, o áudio tocando a música certa, escolhida a dedo para a postagem, o enquadramento perfeito. Checa o que as pessoas comentaram, as colegas de trabalho que elogiaram a paisagem, Matheus sabe bem do que estavam falando.

Vai a outra publicação, junto da esposa e do filho. Helena sempre muito eficiente em se encaixar nas fotos. Matheus acha a boca da mulher bonita, muito embora no dia a dia ela sorria menos. Na hora e no local certo, sabe sacar uma bela expressão, o corpo inclinado na direção de Matheus suscita uma vida sexual intensa, um encontro dos sonhos entre parceiros. O filho não está muito bem no enquadramento. Na foto, parece ainda resistir à exposição, teimoso, como se lhe invadissem, e olha para a direção oposta à dos pais, gerando uma desarmonia na composição. As pessoas vão perceber?, pondera Matheus. Pesquisa um pouco mais, quem sabe tenha alguma outra boa foto daquele momento, uma substituta. Sim, tem. Mas, para seu azar, nesta, Matheus não está tão interessante. Mãe e filho registram uma troca de olhares cúmplices. Leve, bem-humorada, o sol até desce por entre os dois. Matheus, nesta, parece um pouco perdido no timing, buscava participar daquele conjunto, mas não deu tempo de consegui-lo antes do clique. Não, essa não vai.

— Bom dia, meu bem. O que está fazendo? — Helena escorrega pelo sofá buscando o colo de Matheus, mas também, um pouco, para ver o que ocupa o marido no celular.

— João não gosta de tirar fotos, né? Ele parece sempre amuado — responde Matheus.

— Que bonitinho, tá olhando foto da gente, é? Mas nessa aqui a gente tá ótimo!

— É... não sei. Fico com medo de ele crescer ensimesmado. Quando sai comigo, fica sempre observando e observando, faço perguntas, tento interagir, e ele só responde.

— Não é de esperar outra coisa, né? Você só o leva pros seus passeios.

— Bem, *você* só me leva para os seus, e mesmo assim eu até que converso com as pessoas, não é?

— Ah, mas você quer se comparar? Você não pode ver gente! — diz Helena sorrindo.

— O que quer dizer com isso? — rebate Matheus, desviando o olhar do celular para a esposa.

— Ah, acho que o João talvez tenha mais a ver comigo. Embora às vezes eu veja suas expressões nele, é estranho, ele se ausenta e se parece mais com você. Mas quando eu o levo pra passear, e aí você vai ter que dar o braço a torcer, ele faz passeios muito mais divertidos comigo, ele fala mais, com certeza. Do que você está rindo? Inclusive, ele me confessou que quer ter um cachorro.

— Engraçado você dizer que ele se parece comigo. A natureza tem dessas, é perturbador como ele se parece com você também. Imagina por quê, né? Deve ser pra gente mantê-lo protegido, amado.

— E é pra ele ser protegido, Matheus!

— Mas ele é protegido, tanto que está se protegendo até de uma foto em família!

— Daquela foto ali, né? Mas na outra ele está ótimo! Nós estamos. Mas e o que você acha da ideia do cachorro?

— Hum... Pode ajudá-lo a curtir mais, talvez. Precisamos ver... Então, eu vou encontrar o Felipe hoje, me chamou pra jogar squash, é rápido, umas três horas e volto.

— Você leva o João? Eu preciso cuidar de umas coisas da casa.

— Ah...

— Veja se ele quer; se ele quiser, e você não forçar a barra na conversa, está tudo bem.

João olhava pelo corredor, não chegou a entender bem se poderia ou não ter um cachorro, mas já sabia que hoje haveria um passeio pela manhã com o pai.

No caminho, Matheus olha pelo retrovisor, em busca do filho. Já João, distraído pela janela do carro. O pai consegue perceber que o filho o evita, mas não sabe o porquê. No caminho, uma faixa de pedestres, alguém se posiciona para atravessar a rua. João olha com atenção enquanto o SUV para.

***

Chegando ao clube, no fim de um corredor de mesas que desemboca na recepção, Felipe já o esperava. E parecia ainda ter marcado um encontro amoroso: chegou antes, testava ainda a pose certa para ser visto, arrumou a camisa quando viu Matheus se aproximar. Matheus percebeu tudo.

— Grande Felipe! Desculpe o atraso, estávamos nos preparando. João, esse é o Felipe, amigo do papai.

João faz um sinal tímido a Felipe, com um olhar desconfiado.

— Fala, João! Toca aqui! — Felipe mostra a mão fechada, para dar um soquinho de saudação, e sua mão fica suspensa no ar, João apenas a olhando, demora-se, enquanto o pai observa.

Matheus espera um pouco, considera que até que não é de todo má a pequena humilhação do colega, que reforça seu interesse em se submeter a Matheus. João enfim o cumprimenta.

— Boa, garoto! Que socão forte, hein? — responde Felipe, voltando-se para Matheus. — Muito bacana da sua parte carregar o moleque para os lugares, ele também parece ser um parceirão.

— Ah, se é! A gente só anda entre os nossos, né, filhote? Veja lá, tem um lugarzinho com brinquedos pra você curtir. O papai vai jogar uma partida com o amigo, você quer acompanhar ou quer brincar? Brincar, né? Sem problemas. Se quiser nos acompanhar, vamos estar ali na sala, veja, bem ali. Viu? Legal, aproveita.

Matheus e Felipe reservam uma sala e começam o jogo. Impossível para Felipe esconder o interesse no amigo, não consegue conter uma solicitude extra: vai buscar as bolas, as raquetes, parece sempre pronto, sempre atento. Matheus se move em outra velocidade, em poucos minutos já tem a autoridade de um anfitrião e os favores de uma visita, e nem havia pedido por isso. Do jeito que deve ser, muito bem. Na partida em si, fica evidente a superioridade de Felipe, que tem mais fôlego, mais manejo da raquete. Matheus ainda assim dá algum trabalho ao rival, relembra os tempos em que começou a jogar no clube, quando procurava um hobby novo que lhe rendesse algum condicionamento.

— Muito bem, meu nobre, venci por sorte! — Felipe dá um sorriso aberto, tentando medir a resposta.

— Que é isso?! Você claramente me fez correr por uma hora e meia. E, além do mais, eu vi que você me deixou fazer alguns pontos, logo no fim. Que gentileza!

— Eu? Mas é claro que não! Venho aqui quase todo fim de semana, mas andei falhando nos últimos, e parece que você andou treinando.

A verdade é que Matheus não havia treinado nem um pouco. E, com efeito, Felipe havia jogado muito amigavelmente a partida inteira. Apesar de Matheus saber um truque ou outro, sua intenção, no jogo, era muito mais lúdica do que competitiva. Como esperado, Felipe o convida para tomar uma antes de ir embora, perto do horário do almoço. Lá fora, na brinquedoteca, algumas crianças começam a ir embora com os pais, sobrando um par de amiguinhos para fazer companhia a João, que olha de longe com frequência para saber onde o pai está.

— Muito bem, meu camarada, muito bem! Obrigado por aceitar o convite, sabe? Sei que seu tempo é corrido, que tem muito para fazer, então é uma honra pra mim poder curtir uma partida contigo, ainda mais num fim de semana! Espero que o filhote também tenha gostado.

— Eu que agradeço! Na verdade, fiquei muito feliz com o convite. E, com a canseira que levei hoje também, a honra foi minha em perder para você nessas circunstâncias.

— Que nada! Você é um marujo velho! Dá pra ver claramente que... Do que está rindo? Eu não quis dizer...

— Sim, um marujo velho! É, você está certo.

— Mas vamos lá: o que é a experiência, não é? Vamos ser sinceros aqui. — Os dois brindam. — Nessa vida, de que adianta o tempo sem ganharmos o *know how* para resolver o que importa? Sim, né? Você concorda.

— Fique tranquilo, meu amigo, você não me ofendeu. A linha da maturidade é difícil de delimitar. Percebi muito mais como um elogio do que como um deboche. Não há com o que se...

— Sabe, eu o admiro muito. Sei que o convívio é corrido, que você tem muito o que decidir, liderar. Mas me surpreendo todo dia com suas decisões, com seu jeito de conduzir. Sabe assumir um risco! Aquele caso da Julia, incrível! No fim das contas, ela concluiu o relatório antes de você a demitir, não foi?

— Ela se demitiu, na verdade.

— Pois é! Eu fico impressionado com isso. É um trabalho higiênico, cuidadoso. Quisera eu aprender a fazê-lo.

— E você vai! É isso o que você quer, não é?

— Com certeza, com certeza! — responde Felipe.

— Então vai! Tudo é questão de tempo, meu amigo. E paciência. Sabe, andei pensando muito nesses anos, muito. E você vai vendo as pessoas, vendo tudo, sabe, e tudo se repete. Se prestar bem atenção, tudo se repete.

— Sim!

— Tudo, Felipe. Cada um, sabe? Cada um se repete, muito, sem perceber. Pois bem, tem que haver um padrão aí. Aqui, neste planeta... Sem igual, um planeta sem igual, né? Pois é. Sem precedentes! A Natureza é linda. Linda, não, quem sou eu para dizer... Ela é espetacular! Essa é a palavra, não é? E ela fabricou essa criatura, também espetacular, não há como negar. Uma consciência, uma visão, uns olhos, uma capacidade de sentir, tudo, tudo, tudo, tudo, tudo!

— Tudo!

— Sim, mas não fabricou muito conforto, né?

— Depende de para quem!

Brindam mais uma vez.

— Veja bem. Tudo o que acontece, tudo o que acontece a nosso favor, é fruto do gênio humano. Olha esse bar, fantástico, não é? Sim. Quadrinha de squash, bola, tênis que não suja o chão! Imagina! Bar, cervejinha gelada na caneca, na hora certa, com o garçom paparicando, né? Pois é. Dá muito bem pra perceber que essa cerveja não dá em árvore.

— Você é um gênio, meu amigo!

Felipe força outro brinde, que Matheus segue sem muito entusiasmo.

— Pois bem! É natural que o homem, a mulher, seja lá quem for, meta os pés pelas mãos. Afinal, uma existência complexa isso aqui! Tantas regras, leis, o direito de todos, mas ao mesmo tempo de ninguém, ninguém sabe bem... Você sabe... Estão todos aqui apenas indo e vindo. E isso inclui tudo. Como eu disse, tudo, tudo, tudo, tudo! E quando eu digo tudo é...

— Sim! Tudo! — Felipe levanta a caneca.

— Mentir! — Matheus aponta para Felipe, com a mão espalmada pra cima.

— Mentir!

— Roubar, sabe? Sumir, deformar assuntos, as coisas todas, tudo. A realidade. Atropelar as coisas. Atropelar é um padrão que está aí, não é?

— É claro que é!

— E a vida faz o quê? O que é que a vida faz? — Matheus toma tempo, espera Felipe responder.

Felipe aguarda, torce como se fosse uma partida de futebol.

— A vida endossa! — responde Matheus à própria pergunta, sorrindo.

— Sim!! A puta da vida!!! Ela endossa! — responde Felipe.

— É claro que endossa! Não só ela, mas todos nós endossamos. Se você for ver, de perto, ao longo do tempo, não há um governo, uma direção, uma liderança, um só ser, uma criatura que ande nesta terra e não deforme tudo. O chefe pode errar, ele tem boas explicações pra isso ter acontecido. Isso se ele admitir, né? Se admitir! Concorda? Pois é! Mas a gente? A gente, não! Todo mundo que manda nisso aqui tem boas razões, boas explicações pra foder, queimar, desgraçar, arrombar essa porcaria desse planeta de todos os jeitos, até não sobrar nada. E passar um glacê em cima. E as pessoas fazem o quê?

— Elas acreditam! — completa Felipe.

— Sim, meu amigo, elas acreditam! Elas formam o jeito delas, a visão delas do mundo, em cima do inevitável. Você quebra elas no meio, da forma que quiser, e elas fazem o quê? Elas agradecem! Elas te ajudam! Isso quando não pedem desculpas por não terem ajudado mais. E essa é a história da gente, não é? Se você for pensar, são dois os problemas principais do ser humano. Um: a natureza nos caçando, trazendo escassez, fraturas de todos os tipos, doenças, secas, furacões, você escolhe...

— Fato!

— E o outro é o quê? Nós mesmos. A gente até se esforça para se proteger da Natureza. Afinal, né? Como não o fazer? Mas, pensa bem, o segundo problema somos nós mesmos. A gente não pode confiar, porque quem tem a solução inevitavelmente tem a intenção. E a intenção é de levar a melhor, não é? Afinal, a Natureza já está correndo atrás de nós, todo dia!

— Sim, meu camarada. Todo dia!

— E ela recompensa. Se você souber fazer direitinho, ela recompensa. Traz um tipo de riqueza que não dá pra ter apenas jogando pelas regras. Porque, afinal, as regras foram feitas justamente pra manter os outros no cabresto, limitados, cansados, agradecidos que o pior não aconteceu, afinal...

— Afinal...

— Afinal... — Matheus muda de expressão. Mantém um silêncio lúgubre. — O que você acha, meu amigo?

— Eu concordo plenamente! Como não concordar? — Felipe hesita. Parece ter se perdido, não entende a expressão de Matheus, já seca, sem retorno.

— É aí que está o problema, Felipe. Aí é que está o problema! É justamente porque a gente pensa assim que o mundo está como está. Não é? Não se pode pensar assim, isso é o começo do fim do mundo. A gente não pode deixar as coisas acontecerem desse jeito, sabe? Isso é o óbvio, e você, que além de um grande jogador de squash, é um gênio! Sim, um gênio, gente como você tem que trabalhar a favor, Felipe, gente como você tem que ser o exemplo! Tem que ser bom onde estiver, e as pessoas vão ver, sabe? Elas vão ver. Eu vejo. E digo mais: você é uma pessoa feita para o bem. A empresa depende disso, seu futuro depende disso, sabe?

Felipe fica em êxtase. Não consegue ver bem de onde veio o golpe, até um minuto atrás estava tudo bem. O choque não o deixa responder muito mais, apenas acompanhar os movimentos de Matheus, como que para captar um próximo golpe, que não vem.

— Muito bem, meu amigo! Vou indo — finaliza Matheus, com um ar severo, e dá um tapinha na mesa. — Parabéns pela vitória de hoje! O importante é manter a consciência tranquila e o olhar atento! João?! João! Papai está indo, vamos?

Antes de ir embora, Matheus propõe uma selfie com o amigo Felipe e o filhote. Na foto fica claro o choque de Felipe, desconcertado; o olhar perdido, tentando sorrir, entrega sua culpa, culpa por concordar, porque afinal não havia fatos na conversa, apenas intenções. De qualquer forma, mais uma foto, essa, sim, adequada, para a timeline de Matheus.

Parte IV

A PARTIR DE AGORA

Aquele passeio no parque com Bárbara ficou impregnado em Roberto. A cada experiência nova, sua cabeça se dividia em dois mundos distintos. Um colocado em piloto automático: resolver o trabalho, buscar a cria na escola, o papo diário com a esposa no café, a volta pra casa, as saídas em família de fim de semana. E um outro mundo em que a interação com aquela mulher começava a germinar experiências individuais, descoladas da sua rotina, lembranças repentinas da figura da mãe, uma investigação às cegas a respeito dessas mulheres vivas e mortas que o tiravam de rota, além de visitas alcoólicas às praças, aos restaurantes, aos bares. Parece que, uma hora ou outra, a vida cobra a conta, pensa Roberto, só não sei que conta estou pagando, não sei qual a resposta, se é uma resposta, se é uma ação, nem sei se precisava disso no momento, parece que não sei nem precisar, reflete ele ao abrir a porta de casa.

Esses mundos pediam um esforço extra. Assim como arranjou a cadeia produtiva no trabalho, uma outra linha de produção precisou ser desenhada para acomodar tantos lugares, tantos Robertos que se dividiam, sobrecarregando sua máquina. Se, afinal, o que se precisava buscar na vida era uma família, uma casa, um filho, um cão, então o que estaria faltando? E faltando... pergunta Roberto, é pra eu afinal agir, ou é pra conviver em paz com a falta? Que horas uma falta passa a pedir uma ação? Ou é pra deixar isso quieto? Roberto vagueia de pergunta em pergunta, à janela da sala. Sofia chega e encosta o corpo nas costas dele. Beija-lhe a nuca, um pôr do sol colorido à frente deles. Ela alisa a mão de Roberto sobre o batente da janela, ele não reage.

Sofia se distancia, vai até a cozinha. Roberto ouve barulhos de louça, de água. À janela, vê alaranjados e azul-marinho no horizonte, sua cabeça ainda fazendo perguntas, tentando encontrar uma narrativa, um arranjo de fatos que lhe dê um norte. Mas também, né?, pensa. Sente raiva de Sofia. Mas também o quê? E a cabeça volta ao marco zero. Sofia, sua companheira, sua parceira de carga, sua sócia. O filho chama a mãe lá do quarto. Filhos, sempre chamando as mães, vivas ou mortas, pensa Roberto, que começa um catálogo interno, tentando encontrar um incômodo escondido, distinto do encontro com Bárbara. Tenho uma esposa e nos amamos. Tenho um filho e posso cuidar dele. Tenho uma casa. Tenho um trabalho. Há comida na geladeira. Há dinheiro na conta. Tenho um celular, que me serve. Tenho tempo no fim de semana. Não estou doente... Roberto tenta encontrar um erro em algum lugar, sua cabeça começa a se distanciar do chão, embriagada, levando o corpo junto. O problema não é a esposa, que o ama. Não é o filho, que os ama, não é o emprego, não é o tempo, não é a geladeira. E agora?

Bárbara também. Uma vez iniciada, aquela engrenagem interna de fazer perguntas vai começar a incomodar. O bar não vai mais saciar a fome que sente. Os jogos nos quais ela é proficiente não lhe interessam mais. Não houve uma vez sequer em que conseguiu dar continuidade. Broxava em todas as interações. Logo cedo, a comunicação emperrava, deixava de ver o outro como presa e passava a ver como um ser digno de pena. Levantava-se da mesa e ia embora, perdeu o sabor da caça.

O idílio daquele passeio no parque lhe chamava. Não era possível, nesses lugares, repetir exatamente aquela outra experiência. O convite que fez a Roberto não foi negado, mas também não foi aceito. Pesava-lhe a hipótese de tomar iniciativa, faltavam-lhe forças. Com o telefone em mãos, sentia-se adolescente, palpitava. Nos bares que visitava, olhava para as cadeiras em busca de Roberto, mas ele não estava lá. Sentia-se ridícula, do alto de sua vida, tendo conquistado tanto, vencido tantas batalhas, e estava agora torcendo por um encontro com um homem que não tinha intenção alguma de lhe servir como presa, nem de consumi-la.

Mais e mais aquela parte que se esconde nas sombras de seus sentimentos começa a ganhar corpo, a chamar seu nome. Mais e mais precisava conciliar as vozes dentro de si, fazendo perguntas, julgando, apontando situações incômodas, o peso, as visões do passado, os cheiros, um elefante imenso na sala, coisas que ela começava a ter problemas para contornar.

O que fazer com isso?

Estamos aqui aguardando ansiosos que algo aconteça, aquela situação limite, aquele ponto de inflexão, um beijo, talvez, que mude tudo, que redima a história. Mas o esperado beijo já ocorreu, agora só conseguimos ver o depois. Ficou apenas uma troca de olhares em suspenso, um gosto posterior da busca de cada um. Não conseguimos acompanhar o que foi falado, aquela tensão hollywoodiana, que distrai, já foi; o tempo é assim, quando menos percebemos já não conseguimos capturar o que passou.

O sexo no início lhes foge ao controle. Se começaram criando uma ilusão de normalidade, uma diplomacia cuidadosa, depois disso uma profunda exploração tomou a cena, o aprofundamento no corpo de cada um revela traços de suas vidas interiores. Ambos sensíveis, com uma lente de aumento incômoda em cada gota de suor, cada detalhe da pele, cada sabor; um zelo estranho que tinha uma origem distinta em cada um dos lados.

Para Roberto, o gozo lhe paralisou a alma, desligou os motores de seu helicóptero, o fez virar os olhos para o corpo, e toda sua atenção para a geografia esquecida dos próprios sentimentos. Fora recebido por Bárbara com um desvelo inesperado, uma delicadeza para além de seu espírito de caçadora, que o desarmou. Para Bárbara, serviu como um porto. O tempo andava em outra velocidade, numa bolha que os protegia. A profunda investigação de Roberto a fazia reconhecer a si mesma. Atracava num lugar a salvo, numa planície, num ventre acolhedor em que finalmente poderia relaxar os músculos, soltar as rédeas de si, respirar até realmente tocar algum de seus sentidos. Recuperar seu corpo, sem precisar atacar, sem precisar defender.

A luz que entrava pela fresta da cortina gerava impressões distintas em cada um. Roberto sentia-se finalmente tocar um outro ser humano, como se as perguntas que por anos fizera passassem a fazer sentido. Ainda que contraditórias, ainda que absurdas e fora de alcance. Bárbara via aquela luz como um facho que lhe iluminava por dentro e dava coragem, força, permitia ver lá fora um dia normal, uma paisagem que desabrochava e trazia esperança. Ainda assim, não foi fácil assimilar aquela situação. Um desentendimento sobre quem pagaria a conta do hotel, quem chamaria o táxi, quase os trouxe de volta para as disputas iniciais do encontro.

O difícil é identificar quando um começou a assimilar o outro, o momento em que um começou a aderir ao outro, e mudar. O mais natural é vermos os outros como criaturas prontas ou como "origens" de valores, gestos, de identidade. Não conseguimos ver o segundo exato em que passamos a incorporar os gestos do outro, as palavras do outro, a visão de mundo do outro. Isso é copiar? Se for, é copiar de quem?

É ruim? Há uma grande beleza nessa adoção do universo do outro, uma vez que este também não lhe pertence, sendo, cada um, uma colcha de experiências, influências, nuances também costuradas, que orbitam a nosso redor.

Ainda assim, é raro entender quando isso deixa de ser uma influência perniciosa e passa a ser uma interferência fértil, que nos muda as minúcias, nossa forma de ser e agir, e cria possibilidades de reinvenção que até então eram dadas como impossíveis. Essas provas são todas silenciosas, acontecem em meio ao murmúrio dos dias sem que nos demos conta. Aquele caixa de banco mais otimista, um sorriso inesperado no transporte público, vai saber qual universo está sendo criado ali...

Chama atenção nesses casos a nossa inabilidade quase patética de prever essas mudanças. Até o presente instante, tínhamos certeza de que nossa vida era "assim" e que nada mudaria isso e, de repente, nos vemos sem chão, obrigados a reconhecer que "a partir de agora" somos outros e, junto conosco, também todo o mundo como o percebemos.

Muito bem. Estou naquele café, onde pela primeira vez vi Bárbara, então Esther. Ela convidou Roberto, hoje é um dia especial, faz meses desde que estiveram juntos na cama, e encontraram uma janela de tempo para se verem.

— O que você vai querer? — pergunta Bárbara.

— Não sei, um drink talvez.

— Aqui não tem bebida, Roberto.

— Ok, pode ser uma água e um café.

(Os dois fazem o pedido.)

— Você tá sempre olhando pra todo mundo, parece até que tem uma ameaça rondando — continua Bárbara. — Tá incomodado?

— Tô. Eu consigo escutar as conversas das pessoas. Desculpe.

— E o que elas dizem?

— Não se trata do que elas dizem. É "por que" elas dizem.

— E?

— E há quem queira se aparecer pro outro. Há quem queira ser vítima frente aos olhos do outro. Há quem tente gerar raiva, medo, prazer no outro. Me dá a sensação de que não há verdade.

— Você não consegue ficar só comigo aqui? Pra mim o que importa no momento é você.

— Desculpe, eu gostaria. Vou tentar. Tem uma verdade dentro de você também, uma que eu não consigo ver. É como se você tivesse uma maneira diferente de não estar aqui comigo.

— Interessante você falar em verdade, já que pra mim a verdade somos eu e você, neste momento. O que você tem pra falar, o que temos pra trocar.

— E pra mim a verdade é tudo acontecendo ao mesmo tempo, inclusive esse desencontro. Não quer dizer que você me interesse menos, nem eu a você, mas, até aqui, ainda não sei ser diferente.

— Eu vejo isso, às vezes parece que você não consegue estar cem por cento...

— Desculpe.

Ambos tomam o café, cada um olha para um lado em silêncio. Tantas pessoas fazendo exatamente o mesmo nesse momento. Numa mesa, dois casais conversam alto.

— Mas sabe — continua Roberto — parece que você está em busca de uma experiência integral, e em algum momento vai se deparar com uma situação perfeita, um amor em estado bruto, que irá te redimir.

— E se estiver?

— Se estiver, tudo bem. Se você me deixar não buscar isso, tudo bem.

— E o que você está buscando?

— Hum... Não sei responder. Pra mim as coisas são integralmente parciais. Meu emprego... é uma bagunça, as pessoas se detestam, meu chefe é um incompetente que fixa sempre no mais trivial e finge que sabe o que está fazendo... Mas paga minhas contas, me garan...

— Nosso encontro é uma parcialidade...

— Bárbara, desculpe. Ele é parcial, mas nunca deixou de ser essencial. Eu não sei ser integral, lamento por isso. Mas também não acredito que me importe menos com você. Aliás, sinto que você sempre tem uma coisa pra dizer e não sai. Você fala muito bem do que eu trago, mas nem sempre os assuntos vêm de você e, mesmo quando tenta se expor, tem uma diplomacia, um ponto aí querendo se exprimir, mas que nunca sai. Não sei se posso esperar pra sempre, mas sei que, se um dia a gente não se vir mais e você não tiver me dito, vou ficar triste. Eu percebo que sou limitado, parcial, lamento muito não ser aquela pessoa integral que redimiria tudo e com quem finalmente você poderia falar de vez, mas, se achar que vale a pena, não perca essa chance...

— Você não sabe de nada. Acha que está a salvo aí, no seu lugar, analisando tudo. Acha isso bonito. Você tá me dizendo que não sou boa o suficiente? E você serve pra quê? Você não é todo resolvidão? O que, então, está fazendo aqui, comigo? Você pede pra eu te aceitar, mas sabe aceitar o outro? Você me aceita? Não parece...

— Sinto muito, Bárbara. Eu vejo só a porta de entrada, mas não consigo entrar. E eu não vou forçar a entrada. Não tenho esse direito. Desculpe pela minha insuficiência.

Roberto olha para as outras pessoas, para checar se acompanham a discussão. Na paisagem, nota um olhar estarrecido. É Maria. Mas ele não percebe que, ainda durante a sua fala, Bárbara começa a chorar e apertar as próprias mãos, sua atenção flutua para longe, para um lugar que Roberto não consegue acessar.

— É tão difícil. Parece que não sirvo pra nada.

— Como assim? — diz Roberto.

— Não foi culpa minha.

— O que não foi culpa sua?

— Eu não sabia que aquilo ia acontecer.

— O que ia acontecer?

— As violências.

Bárbara não consegue terminar a frase. Pedem a conta. Saem andando pela alameda que tangencia o café onde estavam.

— Eu fui violentada, Roberto.

— Bárbara.... Lamento muito, muito. Sei que te cobrei, mas você não é obrigada a me contar nada, mas... Se quiser, se te fizer bem...

— É tão difícil... Parece um peso que nunca sai, uma sombra em cima de mim, que não sai de cima, que eu não consigo me livrar.

— Não se preocupe, não precisa me contar se não quiser.

— Não! Eu quero! O problema é esse, é que não é simples, eu quero contar, mas dói muito, dói demais. E às vezes eu tô aqui, mas tô lá. Eu tô sentada, mas meu corpo tá esmagado debaixo dele, deles, daquelas situações, dos olhares das pessoas. E eu não volto fácil. Tô presa lá.

— Sinto muito. Se eu puder ajudar, de qualquer maneira.

— Você tá ajudando, já ajudou. — A voz de Bárbara se desencontra com o corpo. — Eu não sei se queria estar aqui, sabe? Viva. Num lugar onde as pessoas fazem isso umas com as outras. E voltam pra casa. E continuam a viver.

— Bárbara...

— É o que você diz, nada é integral, mas essa violência é, ela tira tudo de você, eu me sinto andando em círculos, alguém me pôs aqui andando em círculos, estou integralmente perdida, mas essa pessoa tá por aí, integralmente em paz. E eu não tenho forças, parece que não tenho força pra nada.

— Eu entendo o que você quer dizer, Bárbara, eu vejo sua dor. Lamento muito por isso. Não sei o que fazer, pensei em algumas coisas, mas não sei se é a hora de dizer.

— Não importa, pode dizer, eu tô cansada, preciso mover, preciso ver, seja lá o que for. Quanto mais eu finjo que não vejo, maior fica.

— Acho que as coisas se transformam muito. Se você tá aqui me dizendo tudo isso, é porque não lhe tiraram tudo, você poderia nem estar mais aqui. Fico feliz por ter me contado. Você se engana pensando que quem faz isso vive integralmente em paz. Isso é apenas a sua dor reverberando. Enfim, me desculpe — completa Roberto —, a dor é sua.

— Não, não. Preciso saber o que você acha, porque o que eu acho não tá adiantando.

— E o que você acha?

— Que eu não valho nada, que não importa o que eu faça, não vai adiantar, que tudo está perdido, que daqui até o fim é dor, é vergonha, é medo de tudo, não posso perceber um movimento brusco que fico alerta. Me sinto um animal amputado, não consigo me defender.

— Entendo.

— E o que você acha?

— Não sei te dizer. Eu vivi outras experiências. Mas isso não quer dizer que eu não tenha sido violentado, de alguma forma. Não sei se o que vejo vai te ajudar.

— Você pode tentar.

— Eu vejo que você é uma pessoa especial, que isso podia ter te tornado alguém vil, e você me deu o que eu nunca havia recebido, e sou grato. E, também, o que eu percebo aqui de fora não é o mesmo que você observa de dentro. E é difícil encontrar uma forma de incorporar uma visão na outra. Com as minhas dores, sinto como se eu fosse prisioneiro e tivesse um carcereiro me vigiando, garantindo que eu não saia, não respire, não seja. E vejo isso também em você, mas o que vivemos me despertou alguma esperança de que consigo ser outro. Só que fico melancólico quando você desvia dos assuntos, quando se rende pra essa dor. Eu não sabia o que era, e agora sei. E lamento. Lamento muitíssimo. Não sei se consigo ajudar, só sei estar por perto, e se eu puder fazer qualquer coisa, qualquer coisa...

PESSOAS DE VÁRIAS CORES

Daqui de onde estou sentado, assisto a um casal conversando. Ele, um homem mais velho, com um paletó mostarda, padrão quadriculado, gesticula exaltadamente enquanto apresenta suas ideias. Ela, o cabelo pintado de dourado nas pontas, já deve ter passado por algum procedimento estético que lhe encobre as expressões originais, trazendo outras nuances para a face. Em alguns momentos eles brigam, ou melhor, parecem brigar. O homem se exalta mais, talvez reagindo a imagens de dentro da própria cabeça. Ela ora dá respostas em tom alto, o mesmo da conversa, ora o aguarda terminar os rompantes. A continuidade das histórias dele parece dar a ela alguma segurança, algum sentimento de preservação daquele espaço, daquele momento em que vivem.

O som dos dois se junta a uma massa de outros. Há muitos áudios acontecendo em volta. Muito difícil hoje não haver algum áudio invadindo os espaços. Jogos para crianças, que as hipnotizam enquanto os pais tentam comer. Um homem logo atrás de mim escuta clandestinamente um áudio de alguém comentando o futebol. Fico pensando em Rimbaud, que já foi sampleado em inúmeras peças, livros, citações, levantando a fantasmagórica perspectiva de que "a vida está em outro lugar". Admiro sua capacidade de síntese, de materializar uma sensação que nos assombra, a de não estarmos vivendo plenamente. Mal sabia ele que, séculos depois, a vida continuaria insistentemente em outro lugar. Outro raciocínio, talvez menos poético: temos medo de onde a vida está. Me parece, ao contrário da afirmação que dá asas à vida (e ela nos foge), que nosso medo profundo do encontro frontal com a vida gera esse deslocamento. E daí então se torna inevitável termos áudios, vídeos, por todos os lados, interrupções, rupturas, gente trazendo a vida de outro lugar para o presente onde estamos.

Estar é um verbo muito difícil. Lembro-me dos inúmeros livros de autores orientais que li, em que gurus nos repreendem por nossa incapacidade de simplesmente estar. O que eles dizem é que viver é ainda mais fácil do que estamos fazendo, que nosso esforço para fazer valer os momentos já destrói na origem a experiência de vivê-los. Deve ser verdade. Não consigo contra-argumentar. O curioso é que esse raciocínio se propõe a resolver nosso problema, ao mesmo tempo em que, na prática, muitas vezes dá sinais de ser impossível.

O casal vai embora, eu ouço apenas a frase, dita pela mulher:

— ... posso tentar de tudo, menos enfrentar meu pai...

Soa como se ela tivesse orgulho do que acabou de falar, mas também como uma misteriosa resignação. Seria o senhor do paletó mostarda, quadriculado, o "pai" que ela não vai enfrentar? Seria ele, de outra forma, aquele que a incita a enfrentar o pai?

Não deixo de admirar a permanência dos ambientes. Se estamos sempre de passagem, os espaços costumam persistir por muito mais tempo. Eles nos recebem, acolhem nossas histórias, nossos dramas, eles ouvem as músicas erráticas que saem de nossas bocas enquanto conversamos.

E, mesmo assim, para contar uma história, nem sempre é necessário haver um espaço concreto. Lembro-me de uma peça de Kundera. A única dele, na verdade. Me intriga como ele define o espaço da peça.

Ele a descreve assim:

> *"Durante todo o espetáculo, o palco não muda; é dividido em duas partes [...] toda a ação que se desenrola no presente é representada na parte da frente do palco; os episódios do passado são representados na parte posterior, mais elevada."*

E ainda completa:

> *"É preciso desconfiar de todos os elementos ornamentais, ilustrativos, simbólicos do cenário. Vão contra o espírito da peça."*

Eu, como admirador, não deixo de me entusiasmar com o despojamento de sua proposta estética. Nunca terei a honra de me sentar com esse grande autor e ouvir dele qual era a real intenção para propor tão enxuto cenário. Daqui, só consigo imaginar que seja um respeito pela narrativa, ou pelos efeitos que aquela cuidadosa dramaturgia vai gerar nos espectadores em seus breves e próximos minutos de espetáculo.

Mas nem sempre o cenário é tratado como mero pano de fundo para o desenrolar das ações entre os personagens. Muitas já foram as vezes em que me peguei enredado em detalhes de tecidos, janelas, escadas, acabamentos nas paredes, como em Jorge Amado ou Oscar Wilde. Confesso que não consegui, nessas ocasiões, entender a importância daquelas descrições. Tenho clareza de que é uma limitação minha: talvez, ao longo do tempo, eu tenha me acostumado a ver outros detalhes, outras dinâmicas acontecendo no espaço.

Por outro lado, é desconcertante a falta de poder de escolha do ser humano a respeito de onde é que vai viver suas tragédias, suas alegrias. Quantas vezes preparamos tudo para uma ocasião (incluindo o espaço) e o oposto de nossas expectativas acontece? E quantas vezes é de nossa inocente displicência e espontaneidade que nascem os momentos mais felizes, em lugares absolutamente ordinários? Quando ando pelas ruas, não consigo deixar de imaginar as praças, as lojas, os metrôs, como palcos onde nossa história é realizada. Me faz bem testemunhar algum sublime no ordinário.

E é aqui que percebo Maria chegar. Roberto já a viu, mas fingiu que não. Foi repreendido por Bárbara, por sua distração. Maria também não investe muito em cumprimentá-lo. Pergunta-se apenas se aquela mulher não seria o "cão resgatado" de que falaram anteriormente. Maria crispa-se ao pensar isso. Como assim uma mulher "ser resgatada" por um homem? E comparada a um cão de rua? Sofrendo? Mas Maria pensou mesmo dessa forma; e pensar muitas vezes escapa até de nossas inclinações morais. Pensar acontece, e é só depois que a gente decide se foi bom ou não ter pensado daquele jeito.

Maria chegou até ali porque também ficou pensando em Luiz, seu irmão. Luiz que não aceita seu colo. Por trás dessa ideia há um desconforto que ela não entende. Afinal, admira ou despreza o fato de o irmão ser indiferente a seus socorros? Maria no momento apenas reage ao sinal, que vem modulando nos últimos dias. A própria persistência do sinal, que varia de situação para situação, já a fez se acostumar com isso. Ela já não sabe mais como é viver sem sentir essa aflição ruidosa, sabe apenas quando o sinal se ameniza e quando se agrava. E visitar o irmão o amenizou.

Ao sentar-se, depara-se com Luiz. Parece que sua presença o incomoda, já lhe antecipa o amor preocupado de Maria; e então ele se prepara para fugir das observações dela, das tentativas de melhorar a vida dele. Quase ao mesmo tempo, chegam Matheus, Helena (a esposa) e um casal de amigos. Matheus rapidamente mapeia o ambiente inteiro.

Ele vê Bárbara de costas, o que lhe desperta alguma familiaridade, mas não a certeza de ser uma conhecida. Matheus jamais escolheria este café, um tanto rústico, um tanto familiar, o tipo da Helena. Afinal, foram encontrar amigos dela.

Luiz traz o cardápio. Maria o admira, vê nele uma altivez bonita, atemporal, um homem mais alto e mais forte do que todos ali. Vê uma nobreza no irmão, uma dignidade, que lhe conferiria o direito de sentar-se e de ser servido por qualquer um dos presentes. Luiz fica embaraçado, conhece a expressão da irmã, embora não compreenda o que queira dizer. Ele se esforça para manter o foco no atendimento. Maria se sente incompreendida, é como se o irmão não entendesse a admiração dela, se afastasse do amor dela, e esse amor fizesse mal a ele.

— Que lugar lindo, Helena! — diz a amiga. — Como você o descobriu?

(Matheus bufa discretamente, o lugar não rende cena para suas selfies.)

— É um dos meus favoritos, o Matheus detesta!

Helena, sorrindo, apoia o rosto no ombro do marido, segurando seus braços.

— Eu não preciso gostar de tudo que você gosta, amor — diz Matheus, e beija a cabeça da mulher. De todos à mesa, a roupa de Matheus é a que mais destoa do ambiente.

— Há bares muito melhores! — diz o marido da amiga, tentando quebrar o gelo com Matheus, que lhe oferece um sorriso gentil e indiferente.

— Com licença, os senhores já escolheram? — intervém Luiz.

Quase todos fazem seus pedidos. Matheus, mais próximo de Luiz, olha o cardápio sem motivação. Olha também Luiz de cima a baixo e pergunta:

— Do que você mais gosta aqui?

— Gosto muito dos sanduíches, senhor.

— Já entendi. Pode me trazer um suco de laranja — responde Matheus depois de fazer um muxoxo.

Embora Luiz responda a todos com simpatia, seu corpo reage de outra forma. Maria, incomodada, consegue ver de longe. Tenta decifrar a cena, os sentimentos do irmão.

— Aonde você gosta de ir, Matheus? — pergunta a amiga.

— Ah, o Matheus só vai a lugares chiques — Helena corta o marido — Ele é conhecido, inclusive, você precisa ver!

— Isso não é verdade! — replica Matheus — Você não pode negar que eu a acompanho a todo tipo de lugar, e ainda...

— Tá vendo? Tem onde ele é rei e tem onde ele me acompanha! Mas isso não posso negar, o Matheus me acompanha mesmo, e eu gosto daqui, queria que você viesse, querida — diz à amiga — para provar o...

— Mas eu entendo você, meu irmão — diz o marido da amiga. — Tem lugar para passar o tempo e tem lugar para....

Matheus concorda sem ouvir o resto. A ele não importa aquela conversa, está no território da esposa, o qual ele não tem intenção alguma de ocupar.

— Pois hoje nós vamos celebrar! — continua Helena. — Na semana que vem o Matheus tem uma festa da empresa. Ele, inclusive, foi premiado!

Todos brindam com seus copos e xícaras.

— E com um trabalho primoroso, como é mesmo, amor, o nome do relatório que você fez? Ele foi promovido com esse relatório! E fez praticamente tudo por conta própria, carregou a equipe nas costas.

A amiga olha diferente pra Matheus. Ele conhece bem aquele olhar, parecido com o que algumas colegas lançam quando ele chega ao departamento. Parecido também com o que recebe delas quando, na véspera, postou qualquer conteúdo especial em suas redes sociais.

— Não viemos aqui para falar de mim hoje, não é? — Matheus abre um sorriso, o efeito daquele comentário já chega a seu corpo, sem grandes esforços. — E, além disso, não há necessidade de falar daquele relatório cansativo.

— Pois eu fico muito feliz em saber — fala a amiga de Helena. — Isso é sinal de que a gente se esforçando, batalhando, chega lá... — O marido dela encolhe um pouco os ombros.

— Mas temos que contar com alguma sorte — replica o marido da amiga. — Afinal, há quem faça, e faça, e não chegue lá. — O homem faz um gesto longo, como se mencionasse as pessoas à volta.

— Fazem! Ah, fazem! Mas será que fazem o que funciona? — continua Helena. — Porque também tem isso. Eu mesma demorei pra entender, foi observando o Matheus que percebi que o principal é focar no que importa. Aonde vamos chegar se continuarmos só servindo os outros para sempre, não é?

Matheus mantém o silêncio, dá a sensação de concordar.

— Ah, se é! — A amiga se exalta. — Adianta ficar só andando em círculos? — Ela vira cabeça para o marido. — Remoendo as coisas? Por exemplo, para virar um piloto de Fórmula 1, tem que saber pra onde vai, não é?

— Mas é como dizia um ex-chefe meu, quem nasce lagartixa nunca será jacaré — conclui Helena.

Maria observa perplexa aquela dinâmica, cada raciocínio deles soa uma pancada em um imenso prato de metal dentro de seu crânio. O irmão serve a mesa com diligência, inacessível aos comentários dos clientes, mas sentindo a energia de Maria alvejá-lo.

— Bem, o fato é que não há lugar pra todo mundo nessa vida, há? — diz o marido, retomando o assunto e fazendo sinal a Luiz para vir atendê-lo. — Amigo, traz outro café pra mim?

— Eu acho o contrário — replica Matheus. — Acho que aí está o gênio da natureza, ele encontra lugar para tudo. Encontra lugar pras festas, mas também pros desastres, tem lugar para o gozo, mas também para a fratura exposta, no fim fica tudo em seu devido lugar.

— Até para os desvalidos, meu amigo? — pergunta o marido.

— Veja bem, são todos os desvalidos que morrem desvalidos? A gente sabe que não. Concorda? Quantos são os casos de gente perseverante que suporta todo tipo de tragédia e então triunfa? E, afinal, nós aqui nesta mesa, não temos desafios? Estamos todos a passeio?

— Claro que não, claro que não. Mas não há como negar que o ponto de partida é outro, não é? Se você começa mais atrás, tem mais metros para percorrer antes de chegar a algum lugar. Se começa mais à frente...

— Isso é do espírito de hoje, se você me permite lhe cortar rapidamente. — Matheus continua, mantendo uma delicadeza na voz: — Daqui a alguns anos a sociedade vai se preocupar com outros temas, os dramas vão ser outros, e quem começou atrás ou na frente não vai ser mais assunto. E quanto aos que começaram lá atrás e hoje são poderosos? Esses a gente resiste em mencionar.

— Como a gente menciona pouco os que são atropelados no caminho, não acha? — o marido entra mais na conversa, e a esposa o olha com surpresa.

— Os jornais estão cheios desses e, mesmo assim, isso não deixa de acontecer — acrescenta a esposa.

— Vamos pegar um exemplo. — Matheus conecta o assunto da amiga de Helena — Um dia desses, li uma matéria de um cara que atropelou uma senhora com um Porsche. Já era a segunda vez que acontecia, às seis da manhã. Mas, veja bem, vocês já viram as pessoas andando às seis da manhã na rua?

— Como zumbis! — responde a amiga — Cada uma de um jeito, ninguém presta atenção.

— Está vendo? — continua Matheus. — Eu mesmo já passei por uma situação dessas, uma não, duas vezes! Em uma delas eu tive que frear em cima, pois a pessoa praticamente se jogou na pista para atravessar. E aí, o que acontece? Vem um policial me coagir, como se eu tivesse obrigação de pensar pelo cidadão que resolve atravessar como um louco a rua cedo de manhã...

— O que você está dizendo, meu amigo, é que quem não está para ser atropelado na rua é porque está podendo atropelar? — interrompe o marido da amiga.

Maria, que não consegue deixar de acompanhar a conversa, está atordoada pelo sinal em sua cabeça. Para cada comentário, pensa em uma resposta, retorce-se na cadeira, enquanto observa o irmão ir e vir com sucos e quitutes para várias mesas. Acompanha seus passos. Nesse momento, Luiz chega à mesa de Matheus com o pedido completo. Maria, dispersa, incomodada pelo seu sinal, derruba um pires no chão. Luiz se sobressalta, perde o equilíbrio, derruba uma garrafa de água em sua bandeja, fazendo espirrar café no blazer de Matheus.

Os quatro pausam a conversa no mesmo instante. A esposa do amigo, depois de soltar um gritinho, olha para Luiz com um misto de raiva e desdém, como se o café tivesse respingado nela. Helena fixa os olhos em Matheus, aguardando uma reação, enquanto o marido da amiga tenta esconder um traço de sorriso entre os lábios.

— Olha aí, Matheus, essa é uma boa deixa, não é? Não dá pra prever que horas os zumbis atacam!

— Me desculpe, senhor, eu tropecei — responde Luiz, calmamente — Aqui, use esses guardanapos para secar as gotas.

— Secar, as gotas com certeza vão — replica Matheus, passando o guardanapo na gola do blazer. — Agora, se as manchas vão sair...

— Me perdoe, senhor, eu não queria... — Luiz olha para Maria, que assiste apreensiva, a boca apertada. — O senhor precisa de mais alguma coisa? Posso buscar uma toalha...

— Você se arrepende de um jeito muito peculiar, rapaz. É como se se arrependesse apenas com a boca.

— Não entendi, senhor...

— Não precisa entender, está tudo no lugar. — Matheus se recompõe. — Só não vamos repetir esta cena, ok? Se for derrubar mais, derrube em outra mesa.

Qualquer coisa. Quando se fala em fazer *qualquer coisa* pelo outro, a mente utilitarista costuma suspeitar de que fazer qualquer coisa vá ser de alguma ajuda. Padecemos de uma obsessão por iniciativas infalíveis. É comum esperar por alguma atitude, uma decisão, uma resolução certeira, que resolva um drama pessoal tão imediatamente quanto um veneno é capaz de matar.

Como era de se esperar, os encontros de Roberto e Bárbara lhes davam cada vez mais prazer. Estavam mais conectados, e uma vida nova, própria, começou a brotar dali. Interessante esse terreno afetivo que carregamos cada um dentro de si, no qual o florescimento acontece de maneira imprevisível, em cenários improváveis, com lógicas indecifráveis aos envolvidos. Se voltarmos alguns capítulos, não seria possível saber exatamente "se" ou "como" algum encontro aconteceria. E, de repente, cá estamos.

Bárbara, que acreditava que nunca mudaria, viu-se, pouco a pouco, se transformar. Aquele *qualquer coisa*, dito por Roberto, pareceu inútil. E era. Do ponto de vista de aniquilar um problema de maneira definitiva, tudo é inútil. Mas o convívio, o contato, a proximidade de um outro ser tão ferido, tão perdido, tão em busca quanto ela, tornou aquela oferta de se fazer qualquer coisa tangível, preciosa.

Fazer qualquer coisa pode ser oferecer um pouco de ouvido, pode ser ficar com raiva de uma injustiça juntos, pode ser saber questionar, confrontar, desconstruir o outro. E esse qualquer coisa, gradualmente, torna-se muita coisa. Torna-se tudo para quem se sente como um animal desgarrado em busca de vínculo, em busca de um reflexo, um toque, um entendimento.

Contra a vontade de Bárbara, evidências de vida nova começaram a se manifestar. Pequenas ilhas de beleza despontaram nas horas de seu dia. Ela, tão acostumada a sobreviver, começou inevitavelmente a viver. Pouco a pouco, pedaços de Roberto começaram a florescer por dentro, oferecendo outras formas de ver a si, seu passado e, surpreendentemente, seu futuro. Não que fossem visões únicas, nem que fossem soluções perfeitas. Ainda bem que não precisamos de condições perfeitas para descobrir como viver melhor, caso contrário ninguém escaparia do inferno.

Essas pequenas visões do outro mudaram seu jeito de agir. Vista pelos olhos de Roberto, começou a se sentir bonita, começou a se ver como uma pessoa. Os olhos emprestados do amante lhe permitiram reagir às violações diárias a que todos estamos sujeitos. Sua voz mudou, seus gestos, suas escolhas. Bárbara se submeteu ao amor? E se for? Somos todos criaturas poderosas e autossuficientes? Submeter-se é, por acaso, invalidar a própria existência? Não é a liberdade um privilégio de escolher o que será senhor de nossas horas?

Não que Roberto fosse uma fonte absoluta de cura para as feridas de Bárbara. Talvez o mais importante fosse o jogo diário, a troca constante, que permitia a ela se revisar. E isso dá vontade de mais. É muito fácil se acostumar ao que é bom.

Roberto, que antes era um olho que tudo via, passou a ser visto de maneira abrangente. Aquele pacto selado com a história de Bárbara abriu uma porta para uma intimidade diferente, em que era recebido pela amante por inteiro, em partes que nem ele se dava conta. Se uma vida sem se envolver nos problemas dos outros (incluindo os dele mesmo) lhe havia criado uma paisagem estéril, devastada, aquele movimento em direção a Bárbara foi retribuído com um amor generoso, abundante, que o deixava sem vocabulário para reagir. Isso o trouxe para a terra de um modo inédito, a relação com Sofia mudou, ganhou mais atenção, mais gravidade, mais conexão, o filho passou a existir em frente a ele, parecia que cada hora no dia valia muito, merecia um tratamento especial, dedicado. Não que os outros dissabores do trabalho e de sua relação com colegas tivessem melhorado, foi apenas o foco de atenção que passou a ser outro.

A velocidade da sua vida também mudou. Talvez não estivesse claro um jeito correto de levar os dias, mas ficou evidente que a forma anterior o tornava apenas uma testemunha. Agora beijava o filho ao se despedir, passou a ouvir as palavras da esposa, que inclusive formavam frases, que inclusive significavam algo! Roberto pensa: talvez o problema fosse Roberto. Passou então a colocar "Roberto" no centro dos seus questionamentos.

Incomum? O incomum, muitas vezes, pode nos servir como uma medida de que, por fim, estamos vivendo. Como é mais corriqueiro, após um longo período imerso no *comum* da vida, concluímos que ela nos está esvaindo. Mas será isso mesmo o que acontece? Ou somos tomados por uma ânsia profunda, à espera de uma experiência especial para termos evidências de que estamos vivos, para confiarmos que nossas escolhas não foram as mais infelizes e que um desfecho feliz está logo ali? O logo ali vira uma esquina, e outra, e outra. Curioso ver como essa promessa de vida plena assombra nossos tempos. Quão ingênuo é de nossa parte elegermos um momento, um estado específico da vida, para dizer: agora, sim.

Roberto e Bárbara encontram-se num parque. Numa área mais isolada, sentam-se no chão, perto de uma árvore.

O sexo de horas antes ainda ecoa entre os dois. Ainda vestem aquela nudez sublime que, não faz muito tempo, os coroava. Bárbara trouxe um café e uma garrafa de vinho, enquanto Roberto trouxe as taças, que carrega no carro. Sentam-se num barranco com vista para o passeio público, e lá embaixo pessoas praticam cooper, fazem piqueniques, falam com outras pessoas no telefone, enfim, muitos outros livros acontecendo todos ao mesmo tempo. Ambos riem, trocam elogios. Apresentam a melhor parte de um para o outro.

Bárbara abre o vinho e serve Roberto.

— Não sei mais dizer de quantas maneiras diferentes me transformei depois que nos conhecemos.

— Nem eu. Parece que tinha uma parte minha em cativeiro, que eu não sabia. Que, vez ou outra, saía para um respiro e voltava.

— Fico feliz em poder ter visto o Roberto que você é. Acho que as outras pessoas perdem em não o ver.

— Como perdem também ao não saber a Bárbara que você é. Vamos brindar.

— A quê?

— Às nossas melhores versões, que infelizmente não são conhecidas facilmente. E que bom que alguém pôde desfrutar disso.

— Que bom que a gente pode desfrutar um do outro, isso sim.

Ambos se olham, já se sentindo antigos cúmplices, e brindam.

— Você me parece ainda um pouco melancólica.

— Não, tá tudo bem.

— O seu corpo não mente. Ele não mente na cama nem mente aqui. Às vezes parece que você se nega o direito de simplesmente dizer.

— Na cama eu me nego?

— Não foi isso o que eu quis dizer. Eu disse que o seu corpo me parece mais sincero do que suas palavras.

— Sim...

— Estou ouvindo.

— É tudo tão bonito. Você me faz muito bem.

— E não é pra estarmos felizes?

— É, sim, e estamos! Mas tem isso, de você ter a sua vida e eu, a minha, e no fim isso acaba.

— Sim. Tem isso.

— Olha esse sol lindo de fim de dia. Essas flores e árvores, parece que o tempo simplesmente não vai mais sair daqui, parece que é tudo pra gente. E, no entanto, daqui a pouco vamos cada um para uma casa diferente.

— Por outro lado, isso está acontecendo agora, neste momento. Veja todas aquelas pessoas lá embaixo, quantas delas estão vivendo algo assim? Quantas sabem o que é isso?

— Mas o fato de viver algo especial não diminui a angústia.

— Não consigo esperar muito mais do que isso. E se passássemos a vida inteira aqui, sentados nesta tarde, seria melhor? Tenho minhas dúvidas.

— Mas, quando você volta pra casa, tem alguém lá.

— Eu poderia dizer que voltar pra casa sem ninguém lá também é positivo.

— Você quer dizer que quer se separar?

— Não. De forma alguma. Eu acho que depende muito mais de quem chega em casa do que de quem você encontra em casa. Sabe, aprendi uma coisa com você, que não achava possível. Minha vida inteira foi de redução de danos. Não consegui o que queria, não tive conquistas. Apenas passei anos tentando evitar que o pior acontecesse. Acho que isso me formou diferente, porque pra mim já é um privilégio esse cantinho aqui existir, e sabermos que ele existe, e existir esse vinho que você trouxe, e estarmos aqui. Mas, quando converso com você, aprendo que poderia haver mais, e que sempre pode haver mais. Mas tenho dúvidas se adianta saber isso, se isso de fato melhora a vida. E aí penso nas nossas diferenças, porque você se expande, busca mais, e eu sempre bebi porcarias. Foi você quem trouxe essas coisas boas que tomamos hoje. Isso aqui mesmo — Roberto abre os braços, olhando ao redor —, eu nem sabia apreciar, eu ficava lá embaixo dividindo espaço com todas aquelas pessoas, no barulho. Daí eu percebo que dá, sim, pra subir sem limites, mas não sei se isso torna tudo melhor. Você, por exemplo, sabe o que é melhor, mas está sempre angustiada.

— Eu estou sempre angustiada?

— Bárbara. Eu falei de mil assuntos agora. É sério que você vai reduzir tudo a uma acusação?

Os dois ficam em silêncio. Roberto toma mais uma taça de vinho, de uma só vez. O álcool lhe sobe à cabeça. Aquele espetáculo de fim de tarde o inunda. Sente-se feliz, para além do diálogo, para além da história. Como se um tributo estivesse sendo pago, e devidamente, pelo sagrado daquela cena, daquela situação.

— Sim, eu me sinto sempre angustiada. Desculpe.

— Não tem problema. Não precisa se desculpar. Eu queria, muito mais, ouvir o que você tem a dizer.

— Fico feliz por você me admirar. Eu mesma fracasso nisso muitas vezes. Tenho medo de precisar de você pra sempre pra conseguir ver quem sou. Talvez minha angústia venha daí. Acho que o que me pegou foi quando você disse "quem chega em casa". Não sei me fazer companhia. Eu simplesmente sinto que não encaixo, e que o que eu faço não vale. Parece que vou passar a vida inteira entendendo tudo sobre o melhor vinho, o melhor lugar pra se sentar ao pôr do sol, as melhores experiências, mas que isso vai, para sempre, depender de se alguém gosta disso, se alguém se importa, se alguém acha que eu valho algo por saber dessas coisas. E lá em casa esse alguém não está. É triste.

— Quando você fala isso, tenho a nítida sensação de que sou essa pessoa que não está na sua casa.

— É.

— Mas eu estou aqui, e parece que isso não serve de nada. Se eu não estiver lá, não serve.

— Talvez.

— O que me faz ter muitas dúvidas de que, se eu estivesse lá, em sua casa, fosse finalmente te trazer paz.

— Quem sabe.

— Desculpe. Acho que não. Vou precisar ser sincero com você, em respeito a essas flores e árvores, a esse sol que já não está mais na mesma posição de quando você o elogiou. Esse lugar que você tá buscando não existe. Já busquei isso, e não tem. E isso aqui, esse lugar aqui onde estamos agora, tem. Está aqui. É triste, mas ainda é melhor do que o das pessoas lá embaixo. E acho que, se isso simplesmente nos fosse tomado de repente, ficaria claro.

— Você diz isso só porque está do outro lado — Bárbara responde — Se trocássemos de lugar...

— Sim, continue, se trocássemos de lugar...

— Você ia ter que conviver comigo o tempo inteiro.

— Mas essa é justamente a questão. Acho que entendo...

— Você não entendeu.

Bárbara corta Roberto, passam alguns minutos em silêncio, assistindo às pessoas lá embaixo, na praça do parque.

— É verdade — continua Roberto. — Eu não entendi. Desculpe. O vinho acabou?

— Não. Eu trouxe mais uma garrafa.

— Ótimo. Ainda temos um pouco mais de tempo, o sol ainda vai ficar ali mais um pouco antes de se pôr.

Roberto, pelo menos nesse aspecto, tinha razão. O sol ainda levou um tempo para se pôr. Tempo suficiente para conversarem mais um pouco; para os corredores, lá embaixo, correrem mais um pouco; para o drama daquelas pessoas que tentam resolver problemas ao telefone durar mais um pouco.

INEVITÁVEIS DESENCONTROS

Depois do incidente entre Luiz e Matheus, Maria não conseguiu ir embora do café sem conversar com o irmão. Escreveu ao marido, dizendo que jantaria com Luiz após o expediente, e ficou na mesa aguardando o término do turno. Ele percebeu que havia algo estranho. Muitas foram as vezes que passou em frente à mesa da irmã, e viu que ela pediu algo para comer mas não comeu. Depois pediu um café, que esfriou na xícara, deixando claro que, ao final do serviço, eles teriam um momento juntos antes de ele ir para casa.

Pouco a pouco, o lugar foi se esvaziando. Helena, Matheus e os amigos tinham ido embora. Bárbara e Roberto, um pouco antes. Chegaram mais alguns clientes, mas o clima mudou por completo, tornando-se mais ameno; as pessoas, mais silenciosas e melancólicas, contemplando o fim da tarde. O sol ainda deitava raios entre as árvores, de um verde saturado de suas copas e da grama, revelando uma natureza pujante e silenciosa em volta das pessoas.

Maria já pagou a conta, está sentada em um banco na calçada perpendicular ao café. Luiz pede ajuda aos colegas para terminar de organizar as cadeiras e mesas, diz que precisa conversar com a irmã antes de pegar o ônibus para casa. Na saída, traz uma bolsa com algumas cervejas, que costuma ir tomando no caminho.

— Oi, mana.

— Oi, Luiz...

— Quer uma cerveja? Tá geladinha.

— Não, obrigada. Eu não bebo...

— É mesmo, esqueci que você não curte cerveja.

Ao fundo, os colegas de Luiz começam a desmontar as mesas. Aquelas pessoas todas não cabendo em seus uniformes, cansadas, suadas, vencidas pelo trabalho que ainda não terminou, correndo para terminar logo a arrumação e pegar o ônibus certo, em tempo de chegar em casa e aproveitar umas poucas horas antes do fim do dia. Luiz abre a cerveja e se senta ao lado da irmã, deixando no chão a bolsa com mais umas latinhas. Ele admira a tarde, o sol começando a abrandar. Alguns moradores de rua, que estavam ainda há pouco sentados num beco, chegam junto aos atendentes do café para perguntar se havia sobras para comer.

— Hoje tem jogo do seu time?

— Do Corinthians?

— É...

— Hoje é sexta, mana. Sexta não tem jogo, normalmente.

— Mas você trouxe as cervejas...

— Eu trouxe porque eu bebo no caminho pra casa, mana, não é porque tem jogo. Como vai o Carlos? E os meninos?

— Desculpe não saber para qual time você torce, é que eu não entendo muito de...

— Relaxa, isso pouco importa. Até hoje eu não entendo com o que você trabalha, não importa quantas vezes você explique...

— Você nunca mais foi nos visitar.

— Como você pode ver, eu trabalho de segunda a sábado, pego uma hora e meia de ônibus pra ir e outras tantas pra voltar. Quando chego em casa ainda preciso dar um grau na cozinha, ajudar a Fê com os moleques, então se não for férias ou fim de ano...

— Mas, Luiz, você já tá há muito tempo nesse trabalho, você acha que dá futuro?

— Futuro eu não sei. Mas já trabalhei em boteco, em restaurante... Aqui eles me dão férias, uniforme novinho a cada seis meses, cumprem tudo o que prometem, a galera me respeita e o dinheiro... não chega a sobrar, mas é certo e dá pra tocar a vida.

— Mas dá pra envelhecer assim?

— Eu tenho trinta e cinco, mana. Vou fazer sessenta amanhã não. E mais: eu cuido das minhas pendengas aqui e chego em casa e toco minha vida. Já cansei de ir na sua casa e você ter que resolver um monte de treta no telefone, enquanto prepara tudo para a família, ficar grilada com futuro, pirando com chefe. Viver preocupado é envelhecer bem?

— Eu sei disso. Mas estou cuidando pra lá na frente ter o que preciso. Aqui não dá pra simplesmente ir vivendo, acabou isso, Luiz. Se não tivermos um plano, vamos ser engolidos ali na frente.

Luiz não responde. Toma um gole da cerveja e curte a tarde. O uniforme ainda está alinhado, parece ter acabado de vesti-lo. Um colega dele faz sinal de longe, perguntando se é para terminar de arrumar as mesas, Luiz faz um "joia" e agradece.

— Mazinho é foda, manja rápido. É um puta parceiro aqui no trampo. Senão eu ia ter que estar lá agora, resolvendo isso...

— Dá pra ver que você é especial aqui, Luiz. Você, com todo o seu esforço, sua batalha, poderia ter um negócio que rendesse mais.

Luiz não responde. Oferece em silêncio um gole de sua cerveja. Maria diz que não com as mãos.

— Eu tenho a impressão de que tô te incomodando.

— Não, mana, que isso! Eu só tô curioso, porque você nunca fica pra trocar uma ideia depois do expediente, sei lá, não sei se aconteceu alguma treta, se tem alguém doente...

— Não, não tem ninguém doente.

Maria fita o rosto do irmão, olha para a cerveja em sua mão grande. A aliança de casamento parece um brinquedo em seu dedo.

— Você não tem interesse nenhum em crescer, né?

— Como?

— Você me dribla, finge que não entende o que eu tô falando, me deixa no vácuo. Acha que eu não percebo? Eu me preocupo com você, Luiz, porque a gente não tem suporte, não tem nada, as pessoas já partem do princípio de que a gente tem mais é que penar, que perder nossa vida com trabalhos braçais, se lascando pra servir os outros, servindo mesa...

— Mana...

— O quê?

— Você, por acaso, não tá servindo alguma mesa em algum lugar e ainda não percebeu?

Maria não responde.

— Você conhece alguém — Luiz continua —, seu chefe, talvez, que não tá servindo alguma mesa?

— Não é isso.

— Então é o quê?

— Você debocha de mim. Que cara é essa? Pelo menos parece...

— Eu, não, mana, você é quem sabe de tudo, quem foi pra faculdade, fala línguas, eu nem sei de nada, só tô aqui...

— Você debocha porque acha que qualquer conquista é uma besteira. Você desvaloriza tudo que venha de uma conquista. Não quer ter sonhos, porque não quer ter que lidar com o risco de não os alcançar. Qualquer coisa que remotamente possa dar certo. Não é errado tentar ir bem na vida, sabe?

Luiz mata a cerveja inteira num só gole. Dá um suspiro.

— Mana...

— Eu vejo, Luiz, eu vejo. Consigo sentir isso, sabe?

— Aí é que tá. Você não me pergunta. Você sente. E sente demais. E quem sente demais nem sempre sente certo. E aí fica perdido...

Maria se aquieta a contragosto. O sinal soa forte no ouvido, ela tem a impressão de que ele reverbera no corpo, em seu peito. Sentada no banco, levanta os pés, as pernas tesas, os sapatos bonitos, limpos, contrastando com o chão.

— Você viu a cara daquele homem? Ficou furioso. Parecia que ele queria te...

— Qual?

— Aquele! Que a roupa ficou respingada de café.

— Ah! Sim! Eu me assustei com o pires que você derrubou.

— Desculpe.

— Tá tudo certo. Isso acontece todo dia. Que nem o acidente com ele. Eu também não entendo. Umas gotinhas de café na camisa, o cara pareceu que a mãe morreu, esperava o quê? Que eu me ajoelhasse? Que lavasse a camisa dele na frente de todo mundo?

— Você não entende essas pessoas, Luiz. Elas têm sede de tudo. Nada nunca é suficiente. Ele estava aparecendo para os convidados dele...

— E foi aí que tu derrubou o pires? Pra quebrar a onda do cara? Ou pra eu jogar café na cara dele? Não ajudou...

— Desculpe.

— Tá tudo na paz. Esses malucos vêm e vão. Eu tô aqui na missão. A chefia gosta de mim, a galera aqui é unida, não tem por quê...

— Luiz, você ainda vai à igreja?

— Eu?

— É, Luiz, você! Você.

— Não, mana. Vô, não. Você tem ido?

— Eu nunca fui. Acho que a mãe inclusive mantém distância de mim por isso, porque ela esperava... mas eu...

— Nem eu, eu nem saco muito o que eles falam além disso, sei lá, eu me sinto meio culpado. Mas eu falo com Deus todo dia.

— Ah, é? E como é Deus pra você?

— ...Não sei. Nunca pensei nisso. Eu só troco uma ideia. Falo dos meus problemas, do que tô precisando, do que a gente tá precisando lá em casa, peço pra não dar muita merda no trabalho, sei lá...

— Então Deus é quem garante que não dê muita merda no trabalho...

— Bem... sei lá, quem sou eu na fila dos corres de Deus, mana? Se der pra ir levando, pra mim já tá massa.

— Então Deus é sobre ir levando?

Luiz fica em silêncio, abre mais uma cerveja. Nessa hora, os dois moradores de rua que estavam no beco, e que já pegaram alguns restos no café, passam em frente. Uma caminhada lenta, quase sem destino, como se fosse acidente passar perto deles. Maria se posiciona de uma maneira esquiva, temendo que lhe fossem pedir algo. Luiz os encara sereno. Os mendigos, ao se depararem cara a cara com eles, mudam de direção e continuam andando.

— Você não tem medo de... de aquele cara querer se vingar?

— O das gotinhas de café?

— Você viu os olhos dele? Você ouviu o que ele disse? É como se você não tivesse ligado para o incidente.

— Das gotas de café?

— Sim!

— Não foi nem o café inteiro! É pra eu me arrepender quanto? É pra eu cortar os pulsos na frente dele?

— Não foi isso o que eu quis dizer.

— É óbvio que não foi. Mana, no meu dia a dia eu atendo um monte de maluco. Tem gente que quer um sanduíche, mas sem pão. Tem gente que pergunta se vem queijo no pão de queijo, imagina! Tem gente que vem aqui arrumado, achando que é restaurante de grã-fino, veja só! Aqui é um café, a gente serve umas besteiras, com café. Eu não tenho nada a ver com esse cara, ele que lave a roupa dele.

— Mas ele estava falando antes sobre...

— Eu vi, eu tava lá. Sobre jacaré, lagartixa...

— Não, não é isso!

— Então não sei, mana. Eu sei o seguinte: eu faço o que posso. A gente faz o que pode. E, pra fazer, tem que poder. E eu posso pouco, então...

— Mas, Luiz... você pode tão mais... você sempre pôde, você não precisa ficar aqui... nessa...

— Nessa o quê?

— ...

— Fala, mana. Nessa o quê? Nessa merda? Nessa birosca?

— Não, não foi isso o que eu quis dizer.

Luiz abre a última cerveja. Levanta a latinha em silêncio na direção de Maria, como num brinde.

— Mana, eu não sou você, que sempre foi foda, sempre correu atrás, tá sempre resolvendo, eu não tô sempre resolvendo. Como você mesma percebeu, eu tô levando. Eu sou preto, mana, você nem isso é mais. Tá aí cheia de bolsa cara, sapatinho da moda, carro, joia... perfume importado! Cê já é mais branca que muito cliente que vem aqui. Pra mim já deu. Se der pra fazer um churrasco num fim de semana, ficar de boa em casa com as criança, não ter muita merda no ônibus pra ir e pra voltar, sei lá... Te parece que eu tô reclamando? Que eu tô te pedindo pra mudar minha vida?

Uma lágrima desce do canto do olho de Maria. O nariz entope um pouco, ela funga. Demora a responder o irmão.

— Não. Não parece.

— Então sei lá. Eu não quero te tirar nada. Eu podia ficar fingindo que vou fazer o que você quer e te arrancar uma grana, afinal parece que você quer mais do que eu. Mas eu nem faço isso, tô aqui na minha, levando. Eu não vou chegar lá, mana. Não tem *lá* pra mim. Eu vou descobrir as coisas, do meu jeito, no meu tempo. E assim, pode não ser como você quer, pode não ser no seu nível. Você vai deixar de ser minha irmã por isso? Não! Eu tenho meu tempo, você faz em um mês o que pode ser que eu leve a vida toda pra fazer, isso é um problema pra você?

Maria tenta se recompor. Demora pra conseguir voltar para aquele banco, com o irmão ao lado. O sinal a toma por inteiro, como se fosse o único fluido no universo, em que ela se agitasse, em que ela respirasse, a única coisa que ela ouvisse.

— Desculpa. Não queria te deixar assim... É que...

— Não, Luiz. Não foi você... fui eu que...

— Oh, eu acho massa quando você vem, mas, assim, de repente podia ser noutro horário, sabe? No início do dia, eu posso chegar aqui antes, uma hora antes, já que você mora aqui perto... Porque agora eu vou ter que correr, senão perco meu ônibus.

— Você quer que eu te deixe em casa?

— Não, mana, tá sossegado. Eu só não quero perder meu ônibus.

— Tudo bem, como quiser.

— Quer passar aqui semana que vem? Tipo, num sábado?

— Quero — responde Maria, com a voz embargada.

— Tá bom. Só me confirma na véspera, que eu chego mais cedo. Tá?

Maria ainda está atordoada, não consegue responder o irmão. Luiz se levanta. Reservou o resto da cerveja para ir tomando no caminho até a parada de ônibus. Beija a irmã na cabeça e sai. Ela fica mais um tempo. Assiste ao irmão descer a calçada e sumir na esquina. Ela imersa numa densa camada do seu sinal, os sentidos saturados, engolfados numa massa espessa de passado, de presente, do que ela nem sabe o nome.

Nessa hora, em que só Maria e o sinal em sua cabeça existem, ela deseja acreditar em Deus. Se possível, no Deus de Luiz, esse que o ajuda a ir levando.

ROMPENDO COM VELHOS CONHECIDOS

Por mais bela que tivesse sido aquela tarde, um desconforto permaneceu ecoando em Roberto. Dessa vez, ele percebeu que estava a alguns metros do chão. Conseguia ver seu corpo lá embaixo. Fazia já um tempo que não tinha essa sensação de seu helicóptero alçar voo.

O que é?, perguntava-se enquanto repassava novamente aquela velha lista: a mulher, o filho, a outra mulher, o trabalho, a geladeira, o carro lá embaixo, trancado, sim, ele havia checado. O mundo continuava no mesmo lugar. Aquelas mesmas guerras, as pessoas avançando nas faixas de pedestres, quer estivessem dentro de um veículo, quer não. Sim, sua cabeça voltara a girar as hélices. Não consigo ver o que é, pensa. Achei que havia mudado, mas não é bem assim. Viver pensando assim é, afinal, uma desgraça?

Não, dessa vez vamos pensar diferente, ontem estava tudo bem, hoje não está. O que há de diferente, que passou e eu não percebi? Roberto fazia os cálculos enquanto chegava em seu bairro. Pensou em Maristela. Lembrava do rosto dela sempre sorrindo, mas que apenas a certeza do fim trouxe à tona todas as suas dores. Fantasmas silenciosos que se arrastavam nas sombras de sua colega de trabalho. Engraçado: Não fosse Maris, com quem eu nem me importava, eu não teria conhecido Bárbara, com quem muito me importo.

Uma cena lhe ocorre: Maris o chamando de “amigão”. Ué, mas ela não viu que ele não era amigo algum? Não entendia a aspereza com que se dirigia a ela naquele momento em que ela falava de morte, naquele dia? Outra cena, de ainda agora: Roberto e Bárbara no parque; o sol, as flores, o sexo, o café, o vinho. Ele, numa tentativa de mostrar o amor que sentia, falava de estarem ali, do valor repousar em quem chega em casa, e não em quem está esperando.

Roberto está chegando em casa agora e alguém o espera. Ele sabe que muito mudou em sua vida quando entendeu isso, e que agora ele tem uma casa, mas, por alguma razão, Bárbara parece não ter visto o que ele tentava mostrar. Não é que ela não entendeu, ou talvez não tenha concordado, porque para isso, ela teria que ter “visto”, pensa Roberto. As peças se montam em sua cabeça enquanto ele alça voo.

Em ambos os casos, o que Roberto disse não parecia importar, importava apenas o que havia dentro da pessoa com quem ele conversava. A pessoa está lá, em frente a Roberto, no meio de um diálogo. Mas, ao mesmo tempo, está em outro lugar, reagindo a ecos dentro de si, e Roberto não consegue tocar nisso, não sabe o que é. Sabe que não adianta comunicar, que ele se encontra momentaneamente invisível, e o outro, inacessível.

Lá de cima, Roberto se vê abrindo a porta de casa. O menino vem beijá-lo, já havia se acostumado com um pai carinhoso, mas aquele corpo que entra em casa não vê o filho. Atravessa em direção à geladeira. Sim, sempre a geladeira. No caminho, Sofia fala com o marido, e soa como se ela estivesse num aquário, experiência já conhecida. Ele não entende nada, só o murmúrio sem definição.

— Aconteceu alguma coisa? — pergunta a mulher.

— Não, só foi um longo dia — O corpo dele toca o braço dela e se dirige ao banheiro, para lavar-se.

Aquela sensação é velha, não é de hoje, nem de ontem. É de outro tempo. Quando foi a primeira vez que Roberto subiu em seu helicóptero? Lá de cima, sem ter conhecimento de sua voadora plataforma, Roberto se vê no banheiro, os gestos do banho acontecendo de maneira mecânica, lembrando daquele momento em que ele disse mil coisas a Bárbara, e ela ouviu apenas uma. Uma *outra* coisa, que nada tinha a ver com o que foi dito. Bárbara, que Roberto conheceu no cemitério quando foi visitar a mãe. Mas não, não foi lá pela mãe. Ele foi visitar Maris e passou no túmulo da mãe, onde chorou. Roberto não sabia mais chorar; pelo que chorou naquele dia, Roberto não sabe.

Lá de cima, vê a mãe trancada no quarto, enquanto Roberto, pequeno, brincava na sala, por horas. Chegava a se deitar à porta do quarto à espera da mãe. Um amor dentro do peito pedindo a mãe de fora, sem entender se ela estava lá trancada por culpa dele, se ele fizera algo de errado. Horas e horas em que Roberto brincava com seu helicóptero de brinquedo, sobrevoava cidades, países, ruas. Até a mãe sair e ele correr para falar, mas ela não o via. Ela tinha sede. Ia à cozinha, pegava da geladeira uma bebida com cheiro forte e voltava. Parecia anestesiada. Sim, ele tinha o que dizer, talvez muito, mas não havia alguém para ouvir. O mundo não tem esse ouvido mágico que escuta aquilo que precisamos dizer na hora e no lugar certos. E as coisas então perdem a importância. Que importância tem isso?, pensava Roberto no banho, no computador, na madrugada deitado de olhos fechados sem dormir. Era isso o que ele pensava: que importância tem o que a gente sente, quando não somos vistos?

A manhã seguinte chega e Roberto já está lá, como antes. De longe, lá em cima onde está, ouve os barulhos do filho acordando, a esposa também. É sábado. Fingirá que dorme por mais um pouco, enquanto as rotinas na casa começam.

Um café chega pronto na mesa, o corpo de Roberto se levanta, confuso. No caminho, vê o filho sentado no sofá, já brinca com um helicóptero. Não! Era outro brinquedo, Roberto tenta ver o que é, mas lá de cima não consegue. Apenas percebe que o filho também está longe.

Uma onda de tremor lhe toma o corpo, uma vertigem, cair e cair e cair. Caindo mais, vê que ama o filho, mas tem medo. O medo de amar é que tira a importância das coisas, pensa Roberto enquanto cai. O medo de não ser amado enquanto ama, de aquele lugar onde não era visto se repetir para sempre; sim, esse medo, o apagou. Desbotou sua gramática de sentimentos, deixando apenas borrões, questões, falas e falas dentro da cabeça, um filho e uma mulher pintados sem foco dentro de uma casa, que ele vê de cima enquanto cai. Cai Roberto.

Aquela dor de antes, de falar sem haver ouvido, de existir sem haver olhares, lhe esculpiu um belo brinquedo, um helicóptero para voar, para não ser aquele Roberto lá, em silêncio. Mas sim um outro, sobre todos, que tudo vê, que tudo processa, e desdenha das pessoas, todas com seus sofrimentos diários, suas misérias.

O corpo de Roberto, ele o vê a distância, enquanto Sofia termina o café na cozinha. Enquanto o filho ensaia o primeiro voo no sofá da sala.

Supunha, a princípio, que Bárbara seria como o cachorro que aquela mulher salvou e com o qual passeava no parque. Supunha. Mas ela o derrubou de seu helicóptero, já não importa como. Nem sempre é com sabedoria. Às vezes, é dando um pouco mais daquilo de que fugimos. Quantas vezes pensei que as pessoas estavam mortas por dentro, constata Roberto enquanto cai, e o que me restava era um luto por todo mundo quando, na verdade, o luto era por mim mesmo, era pelo cemitério aqui, dentro de mim. E mais, acrescento eu aos pensamentos dele, quantas vezes somos capazes de destruir belezas em nossa volta, um filho, uma amizade, um amor, um pequeno animal que seja, apenas para continuarmos próximos de nossos queridos fantasmas, tão familiares. Agarrados aos fantasmas, seja no céu, nas sombras, nos quartos, nas luzes que Roberto vê nos prédios e acha que lá, sim, moram famílias felizes.

O filho não vê as lágrimas de Roberto, nem sua queda violenta dentro do próprio corpo. Sofia chega com o café e vê o marido completamente desorganizado à mesa, depois da aterrissagem. Ela já não tem mais esperança de que, perguntando, ouvirá do marido uma resposta. Ele se levanta, a abraça longamente. Faz carinho em seus cabelos e chora. Ela também começa a chorar, não sabe bem o porquê, mas uma parte dentro dela foi vista, como há muito tempo não acontecia.

DOIS REFLEXOS

Venho caminhando por uma praça, rumo ao que parece ser uma universidade. Abro a porta para entrar, já pensando no meu destino, o meio do caminho não importa muito. Bem nessa hora, um sinal toca, liberando as pessoas que estavam em aula e que então ocupam o pátio. Do fundo deste pátio vão chegando diversos rostos diferentes, barulhentos, numa conversa descompromissada que tento apreender. Não consigo disfarçar o interesse. Meu corpo entrega um ímpeto de entender os assuntos, a origem das risadas, dos murmúrios. Tudo me parece familiar.

De qualquer forma, fica claro que não sou bem-vindo em minha bisbilhotice. Algumas pessoas me olham com certa indignação no rosto, parece até que furto os pertences delas. Ofereço-lhes uma expressão entre as desculpas e a inocência.

Continuo até a lanchonete, sinto que tenho um encontro marcado. Faço um pedido, sem perceber muito o quê, mais para ter algo em mãos, algo que me torne menos alienígena no ambiente, e vou me dirigindo para o segundo andar do prédio. É quando, para minha surpresa, encontro Alain de Botton. Não consigo conter o entusiasmo, e o cumprimento, com uma cumplicidade de quem sabe quem ele é. Ele, coitado, já viveu muito isso, me acolhe com simpatia, faz um movimento amigável de sobrancelhas, deixando gentilmente em suspenso a aceitação ou recusa da minha euforia. Parece apressado, tímido, como costuma ser nas entrevistas, como talvez qualquer um se sentiria, quando se é tietado.

Ainda estou condicionado pelo encontro hostil com os estudantes há pouco e, também, não quero perturbar alguém que admiro. Sento-me a uma mesa distante o suficiente para não o incomodar e para poder apreciar aquela cena. Alain senta-se de frente para a janela. Por alguma razão, sua comida parece mais sóbria do que a minha, sei lá por que fui escolher um prato rústico e molhado. Dei azar: era hora de um sanduíche. Alain vê e ri em sinal de compreensão. Faz de longe um gesto nos autorizando a comer à vontade, independentemente do grau de bagunça que nossos pratos gerariam.

Começo a comer. Ele pergunta se o prato está bom. Em instantes, já estamos conversando e sou convidado para sentar-me com ele e fazer parte do almoço. Estamos perto do saguão em frente à biblioteca, poucas pessoas passam, acho que é fim do período letivo. Comento o recém-ocorrido no pátio, com honestidade, aceitando a possibilidade de eu ser um enxerido, uma criatura sem respeito pela privacidade alheia. Ele me ouve atento, de forma calorosa, ainda que comedida, assentindo com a cabeça como se dissesse "Eu sei, eu sei como é!".

Rimos. E logo estou entre amigos. Tenho um déjà-vu que não sei explicar, de todas as vezes que pude rir sem me importar com consequências, que pude contar um raciocínio mórbido e o outro partilhar da mesma perspectiva naquele momento. Alain também se solta, reclama dos editores, das dificuldades com a equipe, com a agenda, do fato de muitas vezes tentar ser claro e fracassar maravilhosamente.

Rimos de novo.

Nunca pensei que encontraria um dos meus mestres. Por dentro, sei que estou comovido. Também nunca sonhei muito com isso, apenas uma gratidão de poder contar com os livros e as histórias daquela pessoa, que me ajudaram a ver coisas invisíveis, coisas patéticas e coisas sombrias a meu respeito e que, em outra situação, com um amigo na outra cadeira, tive prazer em partilhar. Já esperava que alguém com a experiência de vida de Alain de Botton fosse ter problemas para fazer o filho comer, ou questões menores de casamento com a esposa. Agora, testemunhá-lo ao tratar do assunto é interessante. É um fetiche? Talvez. Poderia ser outra pessoa, talvez Eliane Brum? Poderia. Mas quem estava circulando no momento, ali com o lanche na mão, era Alain. Chamei-o de Alain sem muitas ressalvas, já estávamos rindo de nossos desencontros diários, já era possível.

Conto um pouco das minhas dificuldades em escrever. Do respeito que nutro pelos meus personagens e do quanto me surpreendo com a vida, que na maior parte das vezes oferece um roteiro mais inesperado do que sou capaz com minha ficção. Enquanto falo, Alain me dá uma atenção especial, só existem as minhas questões ali no momento. É fantástico. E sei que isso não é natural. Chega um momento na vida em que já ouvimos muito, já ouvimos de tudo, e já não importa. Não é porque o outro seja um ente querido que ele merece ser ouvido. Não é porque seu assunto é inaudito, não é por tratar-se de uma autoridade. É porque ouvir e ser ouvido compõem um ritual mágico, fundamental para ambos os lados. Imagino o quanto deve ter custado a Alain se iniciar nesse ritual. Também me custou muito. Não espero candura nesse processo de escuta, não faz parte do ritual. Também a minha escuta é toda enviesada. Também me dá vontade de ver que horas são, pensar no que vou jantar hoje, lembrar-me de um pedaço de conversa que tive com alguém anteriormente. O ponto não é a perfeição da escuta, mas a capacidade de um se manter "em escuta" e do outro se manter "em exposição". E depois inverte-se.

Comento isso com ele, que concorda. A concordância, sim, me parece mais legítima. Fico tentando antecipar o que ele vai dizer, com minhas próprias palavras. Mas ele diz outras. Aqueles raríssimos cabelos brancos já honram uma sabedoria que ainda não tenho. Ainda me preocupo em resolver minha vida e, se tudo der certo e um dia chegar à velhice, espero saber distinguir o que dá e o que não dá pra resolver, e saber sentar-me de frente para uma janela com meu sanduíche.

Falamos também do comedimento dos ingleses. Ele me acolhe com certo distanciamento, mas ainda assim topa falar do assunto. Diz que na verdade é suíço.

— Eu sei! — respondo.

O meu ponto principal é que a nação que consegue mandar no mundo no momento (no passado a França, a Espanha, e hoje os Estados Unidos) impõe sua etiqueta ao resto das nações, e que isso talvez até seja útil por algum lado; coesão, de alguma forma, é útil. Mas que, por outro, ela mutila partes das identidades dos outros povos, cria uma expectativa de realização tão infértil quanto macabra e que, pelo menos até onde sei, os povos que mais foram capazes de conter o avanço da identidade do outro têm comunidades fortes, sociedades mais abundantes e até (talvez) mais justas. Fiquei orgulhoso do que eu disse. Mas Alain já viu de tudo. Concordou com bom humor, trouxe outras perspectivas porque sabe que, mesmo que meu raciocínio tenha muitas lacunas, o que importa é aquele momento ali, comendo em conforto, trocando ideias em tom de amigos.

Ele traz um pouco da experiência dele com o sistema educacional da Inglaterra, que é muito bom, acessível, mas que nem sempre ensina a seu povo os outros lados da história. "Nenhum ensina". E concordamos contemplando em silêncio a janela. O silêncio parece que vai virar um estorvo, tenho a sensação de que nosso “ritual” está prestes a chegar ao fim. Normalmente não me incomodaria, mas um momento daquele é único, a expectativa de ruptura me paralisa.

Alain dá um gole no café e se lembra de um conto do Borges, em que o autor se encontra consigo mesmo, com algumas décadas de distância. Um está num banco na Suíça; outro, nos Estados Unidos. Um é apaixonado pela talvez futura esposa. O outro se casou com ela, já conhece o casamento, a história toda. Eu li esse conto, comento com alegria sobre o assunto, sobre os possíveis sentidos da história, sobre a genialidade de Borges, sua capacidade de jardinar o imaginário do leitor. Fico com vontade de dizer, com orgulho, que somos homônimos, mas é bobeira. Alain vê em meus olhos que um pensamento pueril sairia naquele momento, e se prepara para acolher e discorrer a respeito, com receptividade. Mas desisto. Já estou pensando em ir ao banheiro enquanto ele fala. É uma vergonha. Num encontro tão importante desses, eu inclusive já sabendo que, a qualquer momento, por conta da agenda atribulada, Alain se despediria educada e apressadamente. Mas acabo sendo eu o culpado. Preciso interrompê-lo por causa de um xixi.

E quando me levanto, para minha surpresa, estou sem as calças, apenas de cuecas e meias, com as mãos sujas de minha comida lambuzante. Alain ri. Ele já viu de tudo. Eu também. Depois de uma conversa naquele nível, o que é faltarem calças para ir ao toalete? Lamento-me brevemente e me vou. Saio pensando em como é bacana conhecer um cara como Alain de Botton. Penso nos meus amigos. Somos assim. Vou contar pra eles depois sobre essa memorável conversa. Falar de como nos parecemos, de como foi possível rir, inclusive, de uma situação tão embaraçosa como aquela.

No caminho para o banheiro, acordo. Minha gata, que também dormia, boceja, surpresa em ver um animal maior (o animal de estimação dela) acordado àquela hora. Cumprimento-a e fecho o banheiro. Estou de calças. Como é inconveniente sonhar. Não escapamos de um sonho sem estarmos pelados, em situações humilhantes, fugidias. Mas dou o crédito, não é todo dia que se tem uma conversa daquelas, de frente para a janela, e depois se respeita o silêncio.

Alain já acordou, são 4 ou 5 horas de diferença. Sua cabeça também não dá sossego. Sentado, durante o café, comenta com a esposa:

— Tive um sonho estranho hoje. Um tipo que conheci em uma biblioteca desenvolvia uma tese sobre etiqueta e colonização. Até que se levantou para ir ao banheiro, e estava só de cueca, com as mãos meladas de chutney...

Matheus teria uma festa na semana subsequente àquela da visita ao café. Sua mulher, Helena, que estava empolgada na ocasião, hoje não cabe em si. Ela mesma fez questão de relembrar que Matheus não poderia deixar de ir à "sua" festa de fim de ano, na qual seria reconhecido por seus esforços em prol da corporação para a qual trabalha, e que deveria estar vestido "de gala", com aquele blazer que lhe dá cara de patrão, desses que ele mesmo via em anúncios de relógio ou de outros produtos de luxo.

Sim, aquele blazer sobre o qual Luiz derramou algumas gotas de café, para o desespero de Matheus. No dia seguinte, a peça foi parar na lavanderia, e voltou novinha em folha. Mas o dono não consegue não ver as manchas na gola e no ombro. Ora deixa de vê-las, mas parece que a imaginação insiste em repô-las, o que lhe conferiu um novo tique de checar com frequência se as manchas ainda estão lá.

Já dentro do carro, chegando ao estacionamento do hotel onde ocorrerá o evento, Helena o interpela:

— Não vai fazer um discurso? Não preparou nada para dizer?

Matheus não quer dizer nada. Tem consciência das condições nas quais aquele relatório (que na verdade foi feito pela funcionária Julia, que já até pediu demissão) foi feito.

No fundo Matheus sente que, quanto mais falar do relatório, quanto mais trabalhar sua reputação em cima dele, mais o documento se distanciará e o denunciará. A vida, segundo pensa, tem suas estranhices, ela tem um prazer em desvendar segredos. Ele mesmo, em todos os lugares onde trabalhou, nunca viu uma falcatrua desse tipo durar muito tempo se as pessoas envolvidas ficam com frequência cutucando o vespeiro. O ideal é calar-se. O golpe de mestre já está dado, ora, o prêmio está lá, o aguardando, junto de um gordo bônus por desempenho. O poder ele já o tem e será muito bem empregado até que Matheus pule dessa plataforma para uma outra, em sua eterna linha reta. À entrada da festa, Matheus diz à esposa que o discurso não tem importância, o trabalho já foi feito, e que é a presença de todos o que mais importa hoje.

Helena fica indócil, mas ao mesmo tempo admira tanto mais o marido. E ainda é modesto!, pensa. O lugar ainda está se enchendo de convidados. Mesas circulares por onde o buffet volante acessa as pessoas, levando canapés e outros quitutes. Gente arrumada, os lustres, a decoração toda tornando as pessoas muito mais dignas e mais interessantes.

Matheus é reconhecido logo na chegada, como já lhe é normal. Move-se com naturalidade, ensaia um pouco de timidez diante de tudo aquilo, mas prepara um sorriso para sair nas selfies das pessoas. De longe, identifica a garota nova, que entrou no lugar da Julia. Essa, vestida para matar, lança um olhar para Matheus no meio de todos, deixando claro que se vestiu para ele, para que ele a veja. É o tempo de Helena escanear o espaço, e de a garota nova (cujo nome Matheus não lembra) disfarçar e sumir na multidão.

Ao parar no primeiro grupo, Matheus é recebido com euforia. Essas mesmas pessoas, que durante o ano todo precisam ser esmagadas pelas decisões da chefia, hoje forçam a barra tentando gerar algum grau de proximidade. A empresa tem vários departamentos, hoje são muitos os chefes que estão aqui, provavelmente na mesma situação, pensa Matheus.

— Mas como o sr. está elegante! — elogia um funcionário mais velho, Ferdinand, que chama a todos de senhor, não importando a idade. — Veio à altura dos seus feitos!

— O que é isso, Ferdinand! Vim à altura desta equipe, a festa hoje é de vocês.

— A vida é uma delícia, Ferdinand, mas tem seus custos! — interrompe Patrícia, uma antiga colega de Matheus, jogando uma bola curva para ele ao fingir que fala com Ferdinand.

Patrícia havia sido funcionária direta de Matheus, com direito a visitas no escritório dele no fim do expediente, para trocar favores de que ambos se lembram, mas que nenhum dos dois menciona.

— A vida é custo, isso sim, meu caro Ferdinand, mas tem, sim, suas delícias! — diz Matheus, pegando uma taça e brindando com o funcionário.

De longe, a garota nova, já em outra posição, fuzila Matheus com os olhos. Distraído, ele olha para a multidão, fazendo um pequeno arco com a cabeça, e a flagra. Imediatamente depois, checa seu blazer, em busca daquelas gotas de café, que ora estão ali, ora não. Helena tenta entender para onde Matheus olha, mas o momento já passou, ele agora apenas checa sua roupa.

— E o Felipe, Matheus, vocês estiveram tão juntos esses dias, ele não vem? — pergunta Patrícia a Matheus, agora cumprimentando Helena e falando de maneira mais sóbria, com um sorriso amigável porém austero.

— Deve estar para chegar, ele andou muito ocupado ultimamente, está se preparando para uma transição.

— Ah, é? E podemos saber qual é? — replica Patrícia.

— Estamos trabalhando juntos nisso, em breve vamos todos ficar sabendo! — diz Matheus.

— Adoro ver vocês trabalhando, sempre conspirando, aprontando! Mal posso esperar!

— Ah, mas com certeza, é importante não dar as coisas por garantido. Quem faz isso, já está perdendo sem perceber, não é?

— Sr. Matheus — um jovem interrompe a conversa —, meu nome é Tiago, sou novo no seu departamento, queria agradecer por ter escolhido meu currículo, eu mal entrei e já ouvi muito do senhor, espero que...

Mais um Felipe, pensa Matheus. Mais um querendo se aproximar. Saber como é que faz, como se Matheus fosse revelar o segredo; se bem que o tal "segredo" até já foi revelado a Felipe em algumas ocasiões. Mas existe uma grande distância entre alguém revelar um truque e o outro entender, não é? Matheus sorri, bate no ombro do rapaz e continua caminhando, lado a lado com Helena, saudando as pessoas de longe, até chegar à mesa reservada com seu nome. Sentam-se com alguns conhecidos, e estes Helena conhece mais. Um deles, Lauro, que já foi chefe de Matheus, a cumprimenta:

— Helena, querida, como a idade lhe faz bem! Não que você já não fosse uma mulher sufocantemente linda... mas... você sabe...

— Ô, Lauro, Obrigada! É um prazer ouvir isso, cuidar da carreira já é complicado, e ainda por cima cuidar do corpo, da casa...

— De tudo, não é mesmo? De tudo! As mulheres são essas maravilhas; versáteis, dando conta de tudo ao mesmo tempo. É por isso que nós, homens, fazemos tudo por vocês...

Helena não contém a gargalhada. Olha para Lauro com deboche.

— Ah, mas fazem de tudo, né, Lauro? E os homens, até onde vivi, fazem as coisas por si. As mulheres, sim, no mínimo, fazem por todos.

Matheus cumprimenta pessoas, levanta-se para conversar com um outro diretor de departamento.

— Isso é o que a gente gosta de falar — replica Lauro. — Aí eu já não sei... Se é para parecermos mais independentes, se é para vocês parecerem mais poderosas, ou porque nenhum dos dois sabe o que está fazendo. Mas, pensa bem, dia desses eu vi um cara se jogar da estratosfera! Da estratosfera! Diz que é pelo esporte, pela quebra de um recorde, sei lá. Eu penso comigo: será? O homem que precisa de mulher, minha cara, faz tudo por isso. Tudo. Vem remando de jangada de outro planeta, se for necessário. O sexo, a admiração, a devoção dessa criatura feminina, cria tudo: reis, monstros, patetas, suicidas, aí depois elas escolhem...

— E quando essa criatura masculina quer todas as criaturas femininas, meu querido Lauro, como é? Conte-me mais sobre a sua teoria.

Lauro solta outra gargalhada. Toma um gole de uísque. A esposa dele, vindo ainda de longe, detém-se para pegar um prosecco. Ele aproveita, então, para arrematar a resposta:

— A minha teoria não é moral, minha amiga querida. Entendo seu ponto de vista, embora não possa concordar nem discordar dele. A minha teoria só não é nem mais nem menos estranha do que a própria realidade. Há hoje toda uma conversa, mas, no fim das contas, na hora H...

A esposa de Lauro chega. Ele dá um sorriso aberto, faz um carinho no ombro de Helena, como se fosse uma filha, uma sobrinha querida, talvez. O mestre de cerimônias testa o microfone. Chama a atenção do público, parabeniza a todos pela noite, sem especificar bem o porquê. No telão atrás dele, são apresentadas fotos dos sete diretores presentes na festa, sendo uma delas a de Matheus. Seus olhos brilham, ele tenta ver onde os demais diretores estão. Um deles, de longe, acena, faz um sinal de vitória com as duas mãos, como se o parabenizasse. Matheus repete o mesmo gesto. Um outro toca seu ombro, ao reconhecê-lo, e os dois se abraçam, fazem uma foto juntos no celular de Matheus, com a imagem de todos ao fundo. São chamados ao palco para falar. Um a um, recusam, despistam. Um outro diz que é para continuar a festa. Quando o mestre de cerimônias cita Matheus, o último da foto, este recebe uma cutucada de Helena

— Não vai falar? Não vai falar nada?

As pessoas à volta dele entoam: "Discurso! Discurso!". Matheus faz uma mesura, respondendo ao coro com timidez. Checa o ombro, as manchas de café não estão ali. Decide subir ao palco. Passa antes no DJ e fala ao seu ouvido. Ao chegar, cumprimenta o mestre de cerimônias com um tapinha no ombro.

— Meus amigos, em nome dos dirigentes da empresa, queria agradecer a presença de vocês. Meu pai, além de um grande homem, era um grande poeta. Lembro-me agora de um trecho de um de seus poemas, que inclusive encenei na faculdade: Não há espaço no mundo para as coisas pequenas. Sendo simples, direto, e dando espaço a vocês, eu digo em nome da direção que vocês são grandes, a festa, e o espaço nesse mundo, é todo de vocês. Obrigado! Aproveitem!

Matheus sinaliza ao DJ, que começa a tocar uma música alta. Na saída do palco é muito cumprimentado por vários conhecidos, dentre eles a garota nova, que entrou no lugar da Julia. A garota, vestida para matar, tem um corpo feito para aquele vestido. Cada movimento seu revela uma curva, um volume, uma parte que chama atenção enquanto ela faz comentários com um tom sóbrio, quase inocente, com Matheus. Ele, sério, divide sua atenção com os outros à volta, não dando à garota nenhum foco na conversa.

As pessoas abrem uma roda de dança. Helena chama Matheus, que concorda e a leva para um ponto periférico na roda, dando atenção completa a ela durante algumas músicas. Patrícia, a ex-colega, dança ali por perto, animada e com o espumante na mão, mas não sem dar atenção à dança do casal. Helena dá um longo beijo em Matheus.

— Parabéns, meu amor, você é incrível, você pode tudo! O caminho é sempre pra cima!

Matheus beija Helena de volta, concede mais uma dança. Ao final, voltam para a mesa. Começam outra conversa com Lauro, que está muito animado com a discussão junto de Helena. Matheus avisa que vai cumprimentar algumas pessoas, então vê Patrícia se deslocando para fora do salão e lançando um olhar a ele. Em seu percurso, vai parando amigavelmente, trocando uma conversa ou outra, sorrisos, apertos nos ombros. Permite-se fotografar como se fosse uma celebridade. Chega até o estacionamento vazio, com Patrícia fumando nas sombras. De longe, apenas os vemos aspirar algo sobre um estojo, começam a se beijar. Patrícia alisa os cabelos dele, o agarra com força. Matheus a controla, sussurra em seu ouvido. Ela se ajoelha em direção ao sexo de Matheus enquanto ele vigia em volta. Matheus segura a cabeça dela, faz força na direção de seu corpo; de longe, apenas uma confusa silhueta é visível.

Patrícia se levanta, tenta beijar a boca de Matheus, que recua. Ela aperta o queixo e a bochecha dele usando apenas uma mão, como se intimidasse uma criança. Matheus se livra com um leve golpe de braço, ambos se alinham, Matheus retorna primeiro, Patrícia, secando a boca, acende mais um cigarro.

Matheus checa o blazer, parece alinhado, e as gotas aparentemente não voltaram para a gola nem para o ombro. Entra no salão cumprimentando as pessoas, retomando o rito dos minutos anteriores. Demora-se, faz perguntas pessoais, os interlocutores estão entusiasmados em poder falar de seus pontos de vista, suas opiniões, em detalhe, para um chefe premiado da empresa. Rodrigo, outro diretor, se aproxima. Matheus o vê de longe, faz um sinal de reverência.

— Ah, meu camarada! Para que esta cerimônia? Todos sabemos que você é a estrela desta noite! E digo mais: nunca vi um relatório tão bem realizado assim na empresa. Muito vai mudar! Sem dúvida, muito vai mudar! É toque de visionário, como é mesmo o nome daquela menina que trabalhou com você no documento?

— Muito obrigado, meu amigo! Mas aqui estamos todos cuidando dos interesses da empresa, não é? Eles mandam lá em cima e a gente faz acontecer! A menina chama-se Julia, largou tudo depois do relatório para vender seus quitutes, lamentável! Um futuro inteiro pela frente!

— Uma pena! Que desperdício!

— E como anda lá no jurídico? Ouvi dizer que um menino se suicidou mês passado, lamento muito por isso...

— Ah, meu caro, um horror, um horror... Essas novas gerações são muito difíceis, não sei se foi a tecnologia, se foi a comida! — Rodrigo ri alto. — Mas falta fibra, a gente deixa tudo pronto e eles estão sempre confusos, sempre em pânico. Não vou saber o que aconteceu, só sei que, para nossa sorte, ele se matou em casa. Imagine sermos responsabilizados pelos desajustes de cada funcionário!

— Imagine! Meu amigo, vou aproveitar esta bela noite, vida longa! Sucesso no próximo ano!

Matheus e Rodrigo se despedem. As roupas parecidas, os relógios, os sapatos. Dá para ver de longe que se estimam. Começa então uma música mais agitada, Matheus vem dançando em direção à mesa em que está Helena, ela percebe nele uma mudança de expressão facial. Matheus pressente algum desconforto na esposa, checa o blazer mais uma vez, aquelas manchas malditas não voltarão mais. Ele vem dançando, fazendo menção de puxá-la para a pista, mas com essa expressão corporal, que Helena julga meio tosca, ela não quer.

— Vou deixar você curtir a festa, meu bem. Vou para casa de táxi.

— Não quer dançar mais?

— Acho que já bebi muito, a conversa com o Lauro foi ótima, mas muito cansativa, e também estou meio de saco cheio do barulho. — Helena dá um leve beijo nos lábios de Matheus — Vou indo, você vai demorar?

— Não, meu amor, de forma alguma. Em uma ou duas horas estou em casa. Não quer que eu te leve e volte para a festa?

— Jamais! Parar a sua festa? Nada disso, pode aproveitar aí. Só cuida da roupa, para não ficar esgarçado.

Matheus acompanha Helena até a saída. Na volta, o dj começa a tocar a música favorita dele. Matheus se sente rejuvenescido, lembra-se das festas do tempo de faculdade, quando saía da administração e ia para o departamento de Teatro tentar beber um pouco daquela atmosfera. Aqui, hoje, nada mais me alcança. Começa a dançar junto das pessoas, sente uma vontade imensa de ir para o centro da roda, mas se contém. No entanto, os movimentos cada vez mais intensos dão à sua dança um aspecto de liberação, os membros se sacudindo em momentos diferentes, como se quisessem se soltar do que está preso ao corpo.

Como pode as coisas serem como são? Estou cercado de imbecis, que não sabem que esta festa foi paga com o que economizamos de seus salários e bônus. Essas pessoas limitadas, feias, tentando beber da minha fartura. Sim, papai tinha razão, é preciso ser bom em casa, é preciso ser bom. E, sendo bom, que mal há em explorar essas pessoas feias? Vejam, parecem animais, ali tem um rinoceronte; ali, uma girafa. Tentando ser elegantes. As roupas não lhes cabem, não lhes servem, não é só comprar a roupa e vestir, parece que não entendem. Matheus dança e, enquanto o faz, desenha seu cenário.

É muito natural estarem todos aí, chafurdando nas próprias fezes. E, aliás, não é de hoje, não é? De hoje com certeza não é. E se esse modelo está aí, é porque é ele que tem de prevalecer. Poucos em cima de todos, simples assim, poucos em cima de todos. E olha que nem estou em cima o suficiente, mas um dia... Não há espaço para coisas pequenas nesse mundo, não há.

Enquanto dança, o poema de seu pai lhe vem à cabeça. Como vem à cabeça a cena em que o ouviu pela primeira vez: um sarau na mansão de seu pai, várias pessoas, de outra época, mas os mesmos personagens, a mesma bajulação, as mesmas funções servindo e as mesmas consumindo.

Seu pai, com um cachorro, um cachorro feio na mão, o trata como filho. Um cachorro pequeno, barulhento, no colo do dono da casa, em pose de imperador. Matheus no canto da sala, todo arrumado, como se fosse um bibelô, sentado numa cadeira sozinho. Tinha a permissão do pai para buscar alguma comida, bebida, e voltar para o assento. Já tinha apanhado mais cedo para vestir uma roupa que não queria, e também porque estava correndo quando os convidados chegaram.

No canto da sala, Matheus tinha ódio daquele cachorro feio e barulhento, que só fazia silêncio no colo do pai. Se pudesse, o teria matado. Inclusive para que o pai, ao deixar a família, não o levasse junto, como se o animal fosse o mais importante ali. O pai de Matheus, acostumado a dar festas e receber bajuladores de todos os tipos, os fazia ouvir seus poemas. E um deles, em especial, chamou a atenção do filho que, no futuro, o encenaria na faculdade.

Enquanto dança e se dirige para o meio da roda do salão, agora em sua festa, nessa em que pode se deslocar, em que pode ser o centro, em que todos o saúdam, Matheus relembra o poema do pai:

A Vida, ela odeia a vida
Ela simplesmente não a suporta
Ela, que primeiro trouxe a matéria dormente
e inconsciente à luz
Depois, da maneira mais indiferente e impiedosa
possível, a destrói
A Vida despreza a vida

A vida: essa outra que dói, que não pediu para viver,
que erra solitariamente
nesse mar de ignorância
Quando se encontra com a Vida, encontra o quê?
Rivalidade, agressão, incompreensão e — se a vida não
foge, ou não luta — a sua própria aniquilação

A Vida, que também odeia a paz, talvez tanto quanto
odeia a calma, a fraternidade e a harmonia. Odeia tudo
o que existe vivo neste vazio que chamamos de universo

Aqui não há espaço para as pequenas coisas. Não há!
Aqui tudo que é pequeno e bom há de ser esfarelado,
os nervos lacerados
A resistência testada em todos os seus limites
Até sucumbir à destruição ou perseverar o suficiente
para tornar-se — ela mesma — vida que destrói
à sua volta

Mas ora!
Se eu, eu que estou aqui... e se estou... também sou Vida
Também em busca de seio
De colo, de paz, de ombro e de sombra
Se do mais profundo útero rastejo em busca
Se eu também estou aqui — enquanto Vida — lutando

de segundo a segundo num ringue
Para o qual não aceitei o convite, mas ainda assim
empurrado fui para e pela própria Vida
Se eu nestas adversíssimas condições estou
Quem sou eu?
Quem sou eu para — percebam todos —, enquanto Vida,
não destruir?
Não odiar, difamar e trair?
Não desgraçar e mentir?

Quem sou eu para não me deixar pertencer a essa
força natural e tão íntima
Que é ela, a própria Vida?

Matheus abre os olhos, está no meio da roda há alguns minutos, dançando loucamente. As pessoas aplaudem, algumas dão gritinhos. Algumas mulheres o olham com admiração e assombro, dentre elas a garota vestida para matar. Ela dança de longe, mas no mesmo ritmo de Matheus, encara-o fixamente, como se estivessem dançando com os quadris colados um no outro, o vestido mortífero dela revela sua cintura, as coxas, o volume dos seios. Matheus sente sede daquele corpo. Nesse momento, concorda com Helena. Matheus pode tudo, aquela é a festa dele, aquelas pessoas são todas dele, para que as use como preferir, e elas devem agradecê-lo logo depois, não importa pelo quê.

A garota sorri, sua juventude pulsa nos lábios sorridentes, no colágeno florescendo no rosto. Acabada a música, ela sai em direção ao banheiro, no segundo andar do salão. Matheus a acompanha de longe, entende aquela movimentação como um sinal. Depois de uns minutos, vai atrás da garota.

— Pensei que você não ia vir — ela diz — Olha, fiz uma foto daqui de cima, toda essa gente curtindo a festa de vocês.

— E como você sabe de quem é a festa?

— A festa é de quem apareceu ali no telão, chefe. Tenho muito orgulho de ter um chefe premiado; nem comecei ainda, imagina o que você vai me mostrar depois.

Matheus a agarra com força, puxando-a pelos cabelos. Ao beijá-la, sente cheiro de perfume e bebida, os olhos dela, dilatados, a pele quente e arrepiada. Ambos entram no banheiro e se trancam. Matheus beija o corpo todo dela por cima da roupa, por baixo da roupa, despe-lhe a parte de cima sem cuidado, com pressa. A garota abre o zíper dele em busca de seu sexo, molhado, inchado, segura-o forte na mão. Eles transam em pé, Matheus a puxando pelos cabelos, ela se admirando no espelho, ambos com um olhar de superioridade entre os suspiros. Por alguns instantes os movimentos de um são espiados pelo outro através do espelho. Matheus aumenta a intensidade, sente, como mencionou Helena, que pode tudo. Agarra o pescoço da garota e o aperta, ela começa a perder o ar e move as mãos dele até os ombros. Ele então aumenta o ritmo e a intensidade, como que para puni-la por não o deixar esmagá-la.

Mudam de posição. Ela sentada sobre a bancada da pia, o vestido descido até a cintura, a abertura revelando as coxas abertas. Ele com as calças na altura do joelho, a camisa esgarçada. Olham-se com agressividade, um querendo deglutir o outro. Num impulso, Matheus dá um tapa na cara da garota, que tenta devolver o gesto, mas ele segura a mão dela, se recompõe, se veste. Pede desculpas, diz que tudo foi um erro. A garota chora. Matheus dá um abraço nela, dizendo:

— Você quis, você quis, só estamos exaltados. Vamos voltar à festa, depois continuamos com calma.

Lá fora, fingem não se conhecer. Matheus senta-se junto a Lauro, que comenta da conversa com Helena. Riem juntos. Dessa vez aceita beber um pouco mais com Lauro. O amigo lhe cede um charuto, mas Matheus não fuma. Apenas contempla aquelas pessoas todas, como se fossem suas, como se fumasse aquele charuto, e este fosse uma celebração da sua conquista.

Mas nem tudo sai como previsto. O encontro desordenado com a garota vestida para matar não lhe desce bem. Onde foi que errou? Como? Lembrou-se de *O Idiota*, em que leu que, "quando Deus quer punir alguém, começa por lhe perturbar a razão". Olha para o blazer. As gotas, aquelas desgraçadas gotas, estão de volta. Maldito garçom, foi ali que tudo começou, não tivesse ido àquela espelunca, não tivesse levado o blazer favorito, não tivesse...

Dali para a frente a conversa com Lauro fica mais difícil. O velho amigo, um veterano, chega a lhe perguntar o que há, se pode ajudar. Difícil explicar, pensa Matheus. Prefere continuar a conversa, administrando as reações do corpo, o medo das consequências de suas ações na festa, a ira com relação ao rapaz do café que, segundo Matheus, foi a origem de tudo.

Já são cinco da manhã quando Matheus resolve ir embora. Despede-se dos últimos colegas com quem ficou conversando. Passou um bom tempo ouvindo os outros para tentar se realinhar emocionalmente, se reorganizar. Ofereceram-lhe carona, o que ele negou, preferia voltar com o próprio carro, passar pela lagoa de seu bairro, curtir as primeiras horinhas de luz. E é o que faz.

Na volta, não consegue tirar da cabeça aquela cena. Ele sentado, aquele homem moreno em pé. Ele, manchado, com as manchas que agora vê no paletó. O homem pede desculpas, mas não parece se desculpar, parece estar bem com aquela ofensa, disfarçar um intento de manchar o cliente. Um cliente que não fez nada contra ele, que está ali de passagem, inofensivo. Matheus tem raiva, aperta o volante. Tem vontade de bater no volante, mas não quer estragar o carro.

Decide passar por uma rua familiar, aquela perto do café favorito da esposa. A manhã plácida, com sua luminosidade que chega antes dos raios do sol. Aquela paz inteira não merece existir enquanto Matheus está perturbado, ninguém merece paz enquanto isso não for resolvido. Ou, pelo menos, não aquele infeliz, que deve andar o dia inteiro para lá e para cá derrubando café nos clientes.

Chegando a uma faixa de pedestres, imagina Luiz passando, com a bandeja na mão, cheia de cafés, pronto para derrubá-los. Luiz para no meio da faixa e olha para dentro do carro, oferece a Matheus um sorriso de deboche com aqueles lábios grossos. Matheus quer passar por cima dele; se possível, passar por cima e voltar várias vezes. Mas vai estragar o carro, e o que dirá Helena? Matheus então aplica uma movimentação que já conhece: finge que freia, para Luiz passar, e depois acelera, e bate nele o suficiente para jogá-lo no chão. Conhecemos este movimento.

Mas Matheus não alucina, não completamente. Se, por um lado, o homem atravessando a rua não carrega bandejas de café e nem sorri, por outro, é de fato Luiz, chegando mais cedo para o encontro com a irmã. O impacto em si não é tão grave quanto a queda de Luiz que, pego de surpresa, cai no chão e desmaia.

FERIDAS DE ESTIMAÇÃO

A campainha toca. Ouve-se um caminhar dentro do apartamento. Um movimento na cozinha. Bárbara suspira, alonga as escápulas. Mais caminhar do lado de dentro. Agora corredor adentro no apartamento. Bárbara ameaça tocar de novo. Recua. Troca o peso do corpo nas pernas.

— Mãe, sou eu!

Silêncio na casa. Apenas o caminhar no corredor, vindo em direção à porta. Abre-se, enfim. Esboça-se em Bárbara um impulso para abrir um sorriso, mas não se realiza.

— Ah, é você. Pode entrar.

— Como você tá, mãe? Por que demorou a abrir?

— Tava fazendo outra coisa... — responde a mãe, e se vira sem esperar a filha, caminhando pra dentro. — Não sabia que você viria hoje.

— Mamãe, eu avisei que viria, você viu a mensagem e não me respondeu. — Bárbara fecha a porta atrás de si e segue a mãe em direção à cozinha. No caminho, passam por um espelho, a mãe se checa, Bárbara flagra o momento.

Uma cozinha vasta, com uma mesa de sala de jantar. Os objetos meticulosamente organizados. Tudo muitíssimo limpo, enquanto a chaleira esquenta a água no canto de uma das bancadas.

— Sei — diz a mãe. — E o que você quer?

— Queria te ver, como você tá?

— Mais ou menos... Estou cansada.

— Mas você tem se cansado muito, mamãe? Eu trouxe as compras da última vez. Não me diga que foi fazer mais compras de novo...

— Não é nada disso. Cortou o cabelo? Você não tem mais idade pra usar esse tipo de corte. E essa roupa? Não está muito...

— Muito o quê? — pergunta Bárbara.

— Muito...

— Sim, mãe, tô esperando você dizer o "que" a roupa está "muito"...

— Ah, não importa.

Bárbara anda pela cozinha, checa os lugares onde já esteve, ocupando o papel de filha.

— Do que é esse chá? Parece alguma especiaria...

— Seu nariz anda bom como sempre, como todos os narigudos na família do seu pai. Um nariz grande e bom. Como está no trabalho?

Nesse momento o pai aparece na cozinha. Direciona-se à mulher, como se Bárbara não estivesse ali.

— Meu chá ficou pronto?

— Oi, pai.

— Ah, você veio. — Ele lança um olhar perdido a Bárbara, como que tateando seus traços físicos. Bárbara afaga as mãos — Você cortou o cabelo? Está...

— Foi o que eu disse pra ela — completa a mãe. — Que isso aí está meio... — A mãe fala com severidade para o pai.

— Meio o quê, mãe? Por que você não diz logo?

— Você está parecida com sua avó — responde o pai, hipnotizado.

Bárbara caminha pela rua. Ao deixar a casa dos pais, decidiu passear em um shopping ali perto. No caminho, a pé, para numa padaria e pede um café para viagem. Familiar aquele sentimento de se "medicar" com outras coisas. O café, um doce, um passeio, o vento na cara contra os golpes da memória. Ver cada cômodo da casa onde cresceu, os ecos das vozes daquelas pessoas.

— Ela se parece é comigo! Só que puxou a você — responde a mãe. — Já tomou seu banho? O Marcos deve chegar em uma hora.

— Meu irmão vem hoje?

— Você não sabia?

— Você não mencionou...

— Você não perguntou — responde a mãe, tirando os utensílios para servir o chá, sem chegar a voltar-se para a filha.

— Você não ia me chamar, né, mãe?

— Ué, mas você já não vinha?

— Não é isso! E o que vocês vão fazer?

— Nada de mais. Ele só vem deixar as crianças aqui para sair com a Marcela, vou assar uns biscoitos pra eles.

— Vou esperá-lo, então. Faz tempo que não o vejo. Como ele está?

— Bem. Cuidando dos meninos. E você, arranjou um namorado, ao menos?

No caminho, Bárbara se senta em um banco em frente ao rio. Pensa nas vezes em que já se sentou ali. Antes e depois de tantas experiências; aquela brisa no rosto. Como se encontrasse diversas Bárbaras ao mesmo tempo, como se visitasse uma Bárbara mais jovem, como se precisasse *dizer* coisas a ela, mas o que dizer?

— Na verdade, sim — responde Bárbara.

— Até que enfim! Nossa, eu rezei tanto pra isso. Acho que agora vai!

— Mãe, você nunca quis conhecer nenhum dos meus namorados.

— Ah, mas isso não é verdade! Eu sempre estive aqui fazendo sala para todos que vocês dois conheciam, você é que nunca quis dividir nada comigo, você quer ter sua vida e pronto! Por que não o trouxe hoje?

— Não pude.

— Você já começou a mentir pra ele também, né? Ninguém pode saber da sua vida... — A mãe faz um gesto com as mãos espalmadas e revira os olhos.

— Você quer saber da minha vida, mãe?

— Ué, você conta o que quer, eu não estou forçando nada.

— Posso te contar muita coisa, se você quiser...

— Eu quero é ter paz. Chega de conflito, essa casa aqui é lugar de paz! — A mãe sorri.

Bárbara, ao lembrar-se daquele sorriso específico, tem uma sensação familiar, um *déjà vu* sobre aquela conversa. Pela primeira vez na vida, aquele sorriso lhe soou estranho. Não como um sorriso, talvez, mas como um arreganhar de dentes. Uma impostura. Investida daquele sorriso, a mãe tinha licença para ferir, para invadir. Já em frente ao rio, Bárbara se dá conta de que usa o mesmo sorriso. E dói. Dói porque aquele mesmo gesto, como ela o usa, tem intenções diferentes do da mãe. Tem mais a ver com uma infelicidade inevitável, um consolo a seu interlocutor por sua própria miséria. E dói porque não havia percebido que sorria assim. Por décadas usando o instrumento de tortura de seu agressor, sem perceber, e para outros fins.

— Pois pra mim nunca foi paz.

— Ah, filha, você já vai começar de novo? Está sempre se queixando, tudo em você dói. Você sempre fez o que quis, foi pra onde quis, não foi? Ninguém aqui te impediu.

— Ninguém aqui se importou — rebate Bárbara.

A mãe bufa, revira os olhos, os óculos na ponta do nariz.

— Não é, mãe?

— Eu não tenho nada a ver com isso.

— Daí eu tô errada porque não trago namorados. Mas, quando eu tentava namorar, você me acusava de vadia, de dada. Eu tava errada em tentar ter uma carreira, mas, se eu ficasse aqui, nada te agradaria. Eu invado quando venho visitar, mas o meu irmão não só é convidado, como também vai deixar os filhos aqui, para "assarem uns biscoitos". Não te parece estranho?

— Você já viu que toda vez que vem aqui é para trazer esses assuntos? — responde a mãe.

— Será que é porque a gente tem que conversar?

— Não, Bárbara, a gente não precisa conversar. A gente só precisa viver. Só andar pra frente. Você tá sempre em busca de uma reparação, você quer reparação de quê, afinal?

Bárbara se silencia. Senta-se à mesa, as mãos sobre o tampo.

— Isso, minha linda. Viver de reparação é mania de gente fraca. E gente fraca não tem lugar neste mundo, tem que ser esmagada mesmo, até sumir.

— Tipo a Beth, mãe?

— Que Beth? Aquela sua amiga que foi abusada?

— Sim.

— Aquela putinha? Gente como ela tem o que merece, minha filha. Nós somos de outro nível. A vida daquela garota era sair por aí, tava sempre tentando sair de perto dos pais, achando que era alguém na vida. Se ela ouvisse os pais, nada teria acontecido. Quem age como verme tem que ser tratado como um.

Bárbara começa a chorar, o rosto se deforma, ela o esconde entre as mãos.

— O que é isso, minha filha? Você tá com pena daquela desgraça?

— Não sei, mãe. Talvez da pessoa que você criou. Porque, sabe, a Beth nunca foi estuprada. Mas eu, sim. Talvez por não conseguir falar disso, nunca, de forma nenhuma, porque aqui ninguém ouve nada. Mas agora sei como você julga essa situação.

— Meu Deus! O que você fez? — a mãe sussurra, fazendo sinal de silêncio com o dedo nos lábios. Aponta para o marido em outro cômodo.

— Eu, mãe? Eu fiz?

— Foi esse monstro que você está namorando? Não fala isso alto.

— Não. Você não tá entendendo — diz Bárbara, os olhos marejando.

— Eu criei você com tanto carinho. Você tinha tudo o que queria! E só queria sair, só queria viajar. Tinha que dar nisso. Quisera eu ter sido ouvida! — A mãe levanta o indicador no ar e olha implacavelmente para Bárbara pela primeira vez desde que ela chegou — Mas você não quer ouvir, né? Você se acha, com essa ideia de carreira, de querer bancar a intelectualizada, de querer viver cercada de homens. Não quer ter uma família, não quer estar aqui, quer viver de segredos.

— Mamãe. Não dá pra viver perto de vocês. E você nunca soube porque eu nunca pude dizer nada aqui. E é uma dor... É uma dor sem igual...

— Não quero saber! — interrompe a mãe. — Na hora do bem-bom você tava sempre disponível, né? Sempre tinha um lugar pra ir, alguém te procurando nesse telefone aí... Agora "é uma dor"...

— Eu não acredito que você...

— Não acredita no quê? — retruca a mãe.

— Mas o que é isso? — interrompe o pai. — O que é isso que você falou, Bárbara?

— Você quer saber mesmo, papai? Porque eu tô tentando falar aqui e estou sendo esfolada viva. Parece que confessei que estuprei alguém. É isso mesmo, mamãe?

— Olha bem como você fala, sua vagabunda! — A mãe eleva a voz. — Eu falei pra não fazer estardalhaço, você quer que os vizinhos ouçam essa sua podridão?

— Não, eu quero que *vocês* ouçam. Não é a minha podridão. É a minha vida. Isso agora é parte de quem eu sou. Eu fui estuprada, e não foi só uma vez. E foi horrível! E não tinha ninguém lá. E vocês nunca quiseram saber de nada e ainda me negaram qualquer tipo de suporte quando pedi. E aí eu não soube o que fazer e não tinha com quem contar. E eu só queria alguém pra conversar sobre isso.

O choro toma conta de Bárbara. Os pais a olham como se fosse uma estranha. Ambos chocados, inertes.

— E agora? Vocês vão fazer o quê? A culpa é minha, como de costume? O problema é meu?

Bárbara dá o último gole em seu café, prestes a esfriar. O vínculo com aquele sabor lhe oferece um pequeno lapso de paz, um lugarzinho sagrado, com a duração do gosto que sente na boca. Sentada, olha para si mesma mais jovem. Vê aquela sua figura mais nova, afagando as próprias mãos. Aquela figura que mil vezes se sentou naquele banco, que mil vezes pensou em se jogar naquele rio e que hoje finalmente puxou o próprio fio. Ela então fala para aquela figura:

— Eu diria que você não tem culpa, meu amor. Eu diria que você tentou tudo, e que nem sempre tentar tudo adianta. Diria que seus pais não gostam de você, e que isso não pode mais ser só uma suspeita, meu amor, é uma certeza. Que às vezes é importante dizer, mas é algo dentro da gente. Só que, para o outro, isso não quer dizer nada. O outro vive as doenças do outro. Diria que você é uma batalhadora, que errar é da vida, é de todos, e que você sempre deu o melhor que pôde. Eu vi! Eu vi, Bárbara. Você não teve com quem contar, minha linda, e nem pra quem contar. E isso você nunca ia saber, meu amor. Me desculpe, você não ia saber. Eu não ia saber. Custa ver o amor pra saber amar, meu anjo.

Bárbara chora, lembrando-se de suas últimas palavras antes de deixar a casa dos pais. Até a morte de ambos, quando os visitará no cemitério apenas depois do sepultamento, aquele dia ficará marcado como uma prova de que amar não é a qualquer custo, de que falar a verdade redime quem fala, mas nem sempre quem ouve.

Levanta-se e continua a caminhada. Começa a anoitecer. A ruptura se deu antes da chegada do irmão. Queria mesmo vê-lo? Faz diferença? Afinal, por anos, via no irmão o mesmo olhar de predador que viu hoje no pai e na mãe. Seria ela sempre a presa? Por muito tempo, um imenso fio saltava para fora de si. Um fio amarrado a uma dor. Por muito tempo não quis tocar naquele fio. Um fio atado a uma grande ferida, que doía e a dominava e que, uma vez puxado, mudaria tudo dali pra frente.

UMA GRANDE FALTA

São seis e vinte e Maria hoje tem um encontro com Luiz, ou teria. A intenção era que se vissem antes do expediente dele, para falarem com um pouco mais de calma, terem um pouco mais de tempo para aproveitar como irmãos, o que não vinha acontecendo muito nos últimos tempos.

Maria chegou de carro pelo outro lado da rua, viu de longe uma ambulância, ou um carro de bombeiros, no meio da rua, socorrendo alguém caído. Não dava para ver de longe do que se tratava, talvez um motoqueiro ou um pedestre. Ela, que tem visões constantes de desastre de trânsito, principalmente enquanto dirige, se alarmou, mas não foi até lá. Desviou o pensamento para a roupa que escolheu para ver o irmão hoje, se ele vai gostar ou não. Afinal, escolheu um vestido simples, menos madame, como o próprio Luiz costuma brincar.

Enquanto se arrumava, pensou no irmão, no seu jeito de ser, em sua aparente tranquilidade, uma capacidade de aceitar as coisas como são, diferente do que ela costuma fazer. Queria aprender isso com Luiz, estabelecer um vínculo com ele, uma troca. Havia tempo que parecia que os movimentos dela derrapavam, e que essa conexão nunca se estabeleceria. Ou seriam, na realidade, os movimentos de ambos que derrapavam e impediam esse encontro?

Tinha até pensando em enviar uma mensagem antes, dizendo que já estava pronta, que chegaria no horário, perguntando a ele se gostaria que levasse um mimo, um café diferente, um doce. Mas não, não enviou. Talvez fosse demais? Demasiado cuidado? Demasiados dedos para lidar com tudo, e isso poderia afastar o irmão, colocá-lo naquele modo em que nada importa e tudo está ótimo, isso ela não queria, já viu muito disso, queria ser outra dessa vez.

Saiu mais cedo, para ir mais devagar ainda. Passar pelo parque, aquele que havia cruzado a pé fazia poucos meses, curtir a paisagem, aproveitar que o dia era seu, ou melhor, deles. Teriam esse dia para entrar para a memória, um dia para se reconciliarem, para ela poder mostrar que o entende e o aceita, que quer o melhor para ambos. Falarem um pouco de futuro; talvez não de futuro, já que Luiz... Falar do que fosse bom para ambos, do que um amor de irmãos permitisse florescer naquela conversa.

Nem mesmo o sinal na cabeça se apresentou. Ela, que já estava acostumada com aquela interferência constante, que lhe sequestrava a paz, os momentos de intimidade consigo, suas percepções mais privadas, demorou a perceber que não tinha sinal algum naquele momento. Ouvia apenas o motor do carro e parecia despertar de um longo sono. Abriu a janela, ouviu o vento ressoando, os pássaros, sentiu o calor do sol no rosto, era tudo uma primeira vez.

Maria está sentada naquele banco, aquele em que conversaram da última vez, ela e Luiz. Ajeita-se, abre o celular e envia um "Cheguei!" ao irmão. A mensagem também chega, mas não é vista. Mas, afinal de contas, não há nada de errado, ele deve estar a caminho, não tem essa paranoia toda de checar o celular e, também, os dois já haviam confirmado na véspera, e ele sabe que...

Contudo, o silêncio do espaço externo, ao tocar o silêncio dentro de si, a desconforta. Claro que não pode ser o Luiz ali, sendo socorrido na rua. Mas ela pode muito bem ir até lá a pé, rapidamente, apenas para se certificar, para ter um pouco de tranquilidade, e isso não a atrasará em nada.

Manda outra mensagem ao irmão, "Já volto, vou pegar uma coisinha no carro", e se levanta. Ao fazê-lo, mais silêncio. Ora, se fosse grave, o sinal em sua cabeça já teria disparado, não é? Não é pra isso que ele serve? Para mostrar os riscos, todos, que estão por aí?, pensa. Vai andando pela alameda em direção àquela rua. Uma brisa fresca lhe contorna o corpo, algumas flores caem. Como sabe ser bonito esse mundo, inclusive nos dias de tragédia.

Sente umas ondas pelo corpo, a brisa, as flores, talvez. Junto disso, um murmúrio. Sim, dentro de si. Maria engole em seco, vê ainda de longe aquelas luzes iluminando as árvores, mesmo à luz do dia. Faz menção de correr. Mas, ora, se não aconteceu nada, não há por que correr, não é mesmo? Continua andando, a bolsa apertada no peito, os olhos apreensivos. Dentro de si, o murmúrio aumenta o volume, sente-se de volta à bruta bolha habitual, o contato com o mundo de fora mediado por aquela película de ruído, deformando a manhã, deformando a rua, a luz da ambulância.

Maria chega devagar. Algumas pessoas, em volta, observam a movimentação. O corpo ainda está sendo analisado, a maca ao lado para transportá-lo. Um policial faz perguntas, mas as pessoas, assustadas, dão respostas vagas, desconexas. Ela chega a perguntar ao policial, que não entende bem a pergunta e volta os olhos ao transeunte que ele estava interrogando. Tudo parece ocorrer em câmera lenta.

O murmúrio interno vira falatório. Lágrimas começam a escorrer, essa sabedoria inexplicável do corpo, que capta fatos antes da cabeça. A cabeça ainda duvida, ainda sugere alternativas, demora-se a olhar para o corpo, vê primeiro os tênis, e se parecem com os de Luiz. Olha a calça. Também parece. Sente dificuldade de respirar no meio daquilo tudo.

Aquilo tudo que parece tão normal, as árvores ali em volta, as outras pessoas que descem a alameda, naturalmente desviando do ocorrido. No dia em que se perde alguém, a vida continua lá, acontecendo naturalmente. E, afinal, era Luiz. Era sua camiseta, suas mãos grandes, com a aliança parecendo um brinquedo em seu dedo. O corpo, esse não parecia de brinquedo, mas sim uma massa densa, sem movimento, os olhos semiabertos, vidrados.

— Meu irmão, é meu irmão... Meu irmão! — grita Maria.

Alguns homens uniformizados correm em sua direção, a seguram, pedem calma. Um deles, com a voz mais suave, segura seus braços com carinho enquanto ela soluça de dor e se ajoelha, acariciando a perna do irmão. Eles a afastam com gentileza, nessa hora parece que os agentes do Estado têm muito mais carinho com os que sofrem do que as pessoas que passam na rua, que escondem o apavoramento atrás da pressa e da ilusão de normalidade.

— Não morreu — escuta um dizer. — Vamos levá-lo.

Maria tenta entender o que as pessoas dizem, mas como fazer isso? O corpo dela desgarrado, o coração derrapando, arredio, não consegue se coordenar com o cérebro, com os ouvidos. Ela quer saber pra onde vão levá-lo. O bombeiro explica. Ela não entende. Ele escreve para Maria o endereço, coloca um papel em suas mãos. As cenas todas se movendo mais rápido que Maria. A mão de um dos homens ainda segura seu braço, com alguma delicadeza. Maria se solta com violência, não consegue assimilar a cena inteira, nem vai se lembrar direito dos detalhes, que estarão apagados de seus relatos no futuro. Só o sinal é real, este sim, que agora virou um coro, grave, em baixo fundo. Um coro que afoga a percepção de Maria, enquanto ela faz força para se mover e mesmo assim continua em câmera lenta. Sente uma falta imensa, não sabe de quê. De colo, talvez, mas agora não há colo. E Luiz precisa dela, tudo precisa dela, como sempre.

"Foi o pires?", uma das vozes destoa em seu coro interno, no caminho para o carro, enquanto manda um áudio ao marido. A missão desgraçada de explicar a alguém que se ama uma tragédia com outro alguém que se ama. As perguntas do marido, que fazem Maria ter de explicar.

— Não, ele não... ele tá vivo, mas tá desacordado. Em coma. É... foi o que me disseram, me deram um endereço; tô indo pra lá, não, eu tô bem. Você pode ir comigo?

"Quem foi?", outra voz sola em seu coro, como uma ária. Pergunta-se de onde vem alguém que faz isso com o outro, de onde sai essa força para esmagar o outro. As perguntas se misturam em seu coral interno. Elas vêm e vão, mais altas, mais baixas, como sussurros, como lamentos. Pela primeira vez, dirige em alta velocidade. Tem medo de o irmão ir embora antes de ela chegar ao hospital. Quer pelo menos estar com ele, pelo menos um pouco, se for pouco o que resta.

No caminho, uma fúria lhe ocupa. "E agora?", canta um baixo profundo no coro de dentro de Maria. Ela grita dentro do carro, fala sozinha. "Como pode?", uma voz de dentro se materializa em sua boca. Maria vê Deus no acidente. A revolta lhe contorce. Mais uma vez se pergunta onde isso se encaixa no corpo de Deus. O que quer um Deus que deseja uma desgraça dessas?

Chegando ao hospital, pergunta do irmão. Tudo passa a ter um tom processual. Provar que é a irmã, descobrir o corredor, a sala onde ele está. Com quem vai falar. E esperar. E esperar. Enquanto espera, Carlos chega, acompanhado do menino mais velho. Vê no mais velho os olhos de Luiz. Maria os abraça com força. Um Deus que lhe tira o irmão pode tirar-lhe tudo. Ela não quer perdê-los. Não pediu para estar aqui, mas agora, estando, queria pelo menos ficar ao lado dos seus, vivos, se não fosse pedir demais.

Depois de muita espera, ela descobre que o irmão também teve um AVC, este nada a ver com o atropelamento, e que se suspeita de um atropelamento mas que não há lesão que não a da cabeça batida no chão e que, afinal, talvez esse acidente, o vascular, já estivesse lá, aguardando para acontecer.

Difícil essa situação de aliviar-se com um resultado brando de um evento trágico. E se Luiz não se recuperar? Difícil não sentir um pedaço de si, dos mais amados, dos mais queridos, fraturado e sem conserto; o coro de Maria canta sem parar, enquanto ela o dribla para conseguir falar com médicos, falar com a família, avisar a esposa do irmão, decidir o que fazer. Maria parece ter de deixar o corpo, a cabeça e o coração de lado enquanto Maria resolve o problema. Enquanto descobre para qual ala levarão o irmão, enquanto descobre como visitá-lo, os horários, as condições. Muito dura essa física de Maria.

Feito tudo o que podia, ainda sente uma grande falta. Beija o filho, o aperta. Ele insiste em ajudar a mãe. Maria resiste em aceitar ajuda. Pede ao marido um copo d'água. Carlos, perdido, olha em volta do corredor. Maria diz onde fica o bebedouro. Sente alívio quando ele parte. Sente culpa por sentir esse alívio. E raiva de estar ali, e muita pena do irmão, e muita dor por não poder fazer nada. Sua voz se modula, dando ao filho e ao marido a impressão de que ela explodirá a qualquer hora. Maria não explode. Não bastando o desamparo, ainda aquele coro dentro de sua cabeça a afasta do mundo de fora. Esse mundo de fora do qual ela discorda. Que seja lá quem, ou o quê, criou isso tinha muito o que aprender. Deus não chora? Deus não se arrepende de ver o que criou ser destruído assim, pra nada?

PUXANDO O FIO

Muito do que Bárbara imaginou que seria calhou de ocorrer exatamente o oposto. Antes de mais nada, ela se imaginava recuperada (talvez imune) dos traumas de sua biografia. Para ela todas essas dores deveriam ser águas passadas. A figura decrépita que insistia em ver no espelho, a casa organizada nos moldes de mãe passavam despercebidas. A virulência do sexo feito nos banheiros e pela vida, com parceiros desconhecidos, era considerada parte de seu apetite, via-se como alguém feroz, mordaz, e não como se arremessasse violentamente seu corpo de encontro ao outro, em busca de uma satisfação que não estava ali. Aquela constante ocupação, sempre se cercando de alguém que a desentediasse. Tudo isso, ao contrário do que Bárbara imaginava, estava atado ao seu fio.

Depois, ao suspeitar da existência do fio (aquele, impossivelmente doloroso), sentiu que sempre esteve esperando alguém vir. E isso esteve ali desde o começo, antes mesmo de ser notado. Por exemplo, quando via a figura da mãe em casa e automaticamente pensava que ela lhe queria bem, que seria bem-vinda. Mas, ao final, era rechaçada, vista como um estorvo, um obstáculo ao que de mais importante a mãe estivesse fazendo no momento.

Puxando mais o fio, Bárbara entende que esperava que seu pai viesse. Afinal, "as meninas, sempre mais apegadas com o pai". Mas o pai não veio. O pai nunca saiu de dentro de si, salvo pelas raras vezes em que a olhava como se fosse um pedaço de carne, ainda mais antes de ela sair de casa para algum programa obscuro com amigos. Do irmão, logo cedo, ficou claro que nada viria, a não ser uma agressividade gratuita, aprendida com a própria mãe, que não fazia cerimônia em bater, empurrar, jogar objetos, gritar e (logo depois) normalizar aquela violência como se não soubesse por que estava batendo, mas Bárbara com certeza devesse saber por que apanhava.

E, puxando mais o fio, vieram os primeiros namorados, que não entendiam como aquela bela mulher tinha ido parar em seus braços, que contabilizavam o sexo exuberante que aflorava de seu corpo, como se fosse um saldo para eles, a despeito da espera de Bárbara, que imaginava que enfim um deles viria e a libertaria, mostrando algum amor, algum abrigo, um ninho onde ela pudesse se encaixar e se proteger.

Mas protegê-la — mais uma ironia — não foi bem o que aconteceu. Pois, puxando mais o fio, vieram outros amores, sim, Bárbara se via amando. Mas estes vieram com uma flor de ódio escondida e, ao espelho do que acontecia na casa de sua família, entenderam que Bárbara não tinha muito o direito de querer proteção, mas sim o de manter seu corpo indefinidamente disponível ao apetite deles. E aí, em momentos diferentes, em lugares diferentes, vieram os estupros. Todos que ela tinha conhecido até então a tinham violado, todos com a permissão de todos, com a conivência de todos, com a distração de todos. Todos, incluindo ela mesma? Difícil para Bárbara puxar esses fios.

Difícil admitir que, afinal, o que ela esperava vir não veio. Veio uma dor tremenda, uma vergonha devastadora, sombria, um peso atroz sobre corpo, impotente. E uma certeza de que ela deveria ter previsto, deveria ter visto um sinal que pudesse ajudá-la antes que fosse tarde. Mas já era tarde. Três vezes tarde.

E então Bárbara desistiu de esperar que algo viesse e a redimisse, que lhe mostrasse algum sabor, um raio de amor pela fresta de uma porta. Por muito tempo, esse lugar a deixou dormente. Não esperar é melhor, e o que vier é o que tinha que vir. E, mais uma vez, puxando o fio, ela percebe que se enganara, porque ficar dormente é caminhar enquanto morta, é obrigar-se a ver a vida apenas à luz do que não veio, do que não deu, mas a vida, ela é estranha, ela não é só isso. E então apareceu Roberto, e ela se viu feliz, mas sem se sentir autorizada, sem saber se assim poderia ser. E sem saber se Roberto viera finalmente para o que ela esperava; ou para terminar o massacre, para acabar de destruir o que restou.

Mas não, Roberto era outra coisa, e não era uma resolução para as expectativas de Bárbara. Ele era apenas um homem, sentado num jardim, dando apenas o amor que havia dentro de si. Infelizmente, Roberto não viera como ela imaginava e, se vinha por alguma razão, com certeza não era para puxar o fio de Bárbara.

Agora parecia que ela precisava rever suas premissas. Afinal, alguém viria? O encontro, por excelência na vida, dependeria de alguém vir? E se ninguém viesse? Sentia-se como se tivesse desaprendido a chorar. Puxava e puxava seu fio com diligência, com uma paz silenciosa, com a melancolia de quem, quer queira, quer não, não tem como fugir da situação. Enfim, Bárbara veio.

Enquanto puxava o fio, dentro de si ecoava o sentimento de que chegou tarde. "Cheguei quando pude", disse ela. Puxava lentamente fato por fato, e lá dentro ecoava: "Agora está tudo perdido". E Bárbara respondia: "Agora é o começo". Ainda isso. Ainda, depois de chegar, depois de vir e se oferecer em sacrifício para um renascimento, ainda assim as vozes dentro de si. Mas Bárbara havia chegado, e estava lá. Muito nessa vida não ocorre como esperado, muito não vem enquanto outro tanto se vai. E, ainda assim, depois, lá dentro, há que se lutar. Há que se lutar até o fim dos tempos, há que se estar em si, que se estar presente e lutar. Bárbara está cansada. Mas não é por isso que vai ouvir as vozes. Sente-se muito feliz em encontrar-se com um sentimento de que não se recorda mais. Não lembra como era ter sentimentos nascendo em si, e não apenas refletir os dos outros.

Recordo-me do dia em que a vi pela primeira vez. Sentada a uma mesa, numa cena que muito lembra as de Seurat, Bárbara se afagava, comunicava à sua pequena criança dentro: vai doer, mas não tem jeito. Hoje aquele gesto sumiu. Bárbara se desesmaga, ocupando um espaço no mundo que antes, contrariando a física, não ocupava. Sentia-se obrigada a viver sobre a cabeça de um alfinete. Agora, o ar tem gosto, o tempo tem cores, sente um cheiro diferente, um cheiro de vida.

Com o passar dos dias, o que havia sido para Maria um epicentro de desespero ganha contornos mais simples. Luiz sobreviveu, embora não se lembre de muita coisa, o que não ajuda ninguém a entender o ocorrido. Vai ficar mais um tempo em observação; saiu da UTI e aguarda uma avaliação médica para saber quando voltará para casa. Perdeu alguns movimentos do corpo, para a angústia de Maria, que, diante da notícia da recuperação do irmão, ainda tinha expectativas de uma reabilitação completa.

Aqueles foram dias em que ela precisou conciliar um ritmo muito mais lento e arrastado de suas obrigações com uma vontade de retirar com as próprias mãos todo o sofrimento do irmão. E o pior: ele não estava com pressa. Sabia de seu estado e dava sinais de aceitá-lo de bom grado. Olhava para o lado paralisado do corpo com naturalidade, recusava a ajuda de Maria para ir ao banheiro e, com algumas concessões, aceitava auxílio para se alimentar, em geral quando já tinha feito bagunça em suas tentativas.

A esposa de Luiz estava sempre presente. Esta, sim, aceitava o apoio da cunhada, inclusive para poder cuidar de outras burocracias da internação e garantir o funcionamento da casa nesse período de invalidez do marido. Maria não conseguia não a julgar. Continha-se muito para não julgar a todos. De todas as formas tentava ser polida, mesmo com o sinal em festa dentro de sua cabeça, tocando todas as melodias dissonantes possíveis, as mais caóticas, enquanto ela tentava harmonizar o resto da sua vida com o acompanhamento do irmão.

Nesse período, olhava para Carlos com desprezo e aflição. A docilidade do marido lhe era mais um problema para resolver. A incapacidade dele de coordenar as tarefas domésticas, como ela o faria, Maria a sentia como um atestado de ignorância, de inépcia ou de má vontade. Carlos desdobrou-se muitas vezes para saber onde as coisas estavam, a que horas deveria dar a ração de Moisés (quantos gramas, em qual vasilha etc.), enquanto também se esforçava para gerar alguma paz entre os filhos que, na ausência da mãe, se desentendiam com muito mais frequência. Maria não conseguia evitar um ódio estranho circulando em si. O sinal de sua cabeça (esse maldito que não servia mesmo para nada além de atormentá-la e se interpor no caminho de sua *via crucis* diária) estava envenenado, batizado com uma cólera, um amargor, uma impaciência. Por vezes, ela sentia o espírito apodrecendo. Sem vontade de ver o irmão, sem interesse em ter com o marido, sem ânimo para lidar com os filhos.

Está no sofá de sua sala agora, desolada, os pés descalços, amassados pelo sapato que lhe castigou o dia inteiro. Olha pela janela e, por um momento, ocupa-se de ouvir o sinal e apenas o sinal. Um arranjo furta-cor de sons, ruídos sem harmonia, como violinos se arrastando pelo asfalto. Não sabe decodificar aquilo. Tem medo. Imagina-se louca, descabelada, os olhos arregalados, suja e fedida, falando do sinal para os outros, que a olham com pena, já envelhecida, cinzenta, cansada de tanto tentar se fazer entender. As pessoas em volta falando baixo para comentar sobre sua falta de lucidez, aquele seu "sinal" que apareceu quando o irmão teve um acidente, e foi aí que tudo começou...

Maria percebe Moisés em sua visão periférica. Parece estar há um longo tempo sentado, observando a dona, perdida em suas elucubrações, uivando para a janela sem saber o porquê. Vê clemência na expressão do cão. Moisés saberia que ela não tinha ficado louca, e/ou que aquele sinal não havia aparecido por conta do irmão. Moisés, seu confidente. Uma das poucas partes bonitas de Deus.

— Quer descer, Moisés?

O cachorro dá um gemido curto, grave.

Maria pega a coleira, Moisés bufa. Ela a deixa sobre a mesa.

— Vamos, vamos lá, você se comporta e vamos sem coleira hoje.

O passeio lhe traz alguma paz. Moisés parece pressentir que ela precisa de um pouco de ar. Ele vai longe da dona, silencioso, corre à frente e depois volta, expandindo-se pelos descampados entre os prédios. Ela apenas o segue, alternando entre prestar atenção à própria respiração e tentar contornar o imenso e gordo sinal que buzina em suas orelhas. Dirige-se à quadra de esportes onde costuma deixar Moisés passear à vontade, latir, esvair a energia.

De longe, um vulto. Deve ser aquele homem, aquele que lá estava da outra vez, falando dos bodes expiatórios. Maria hesita. Não enxerga bem de noite. Pode ser qualquer pessoa, pode ser perigo, inclusive. Mas também pode ser ele e ela não quer falar com ninguém hoje, não quer ouvir teorias sobre o mundo, o sangue vertido dos outros. As pessoas falam demais e acreditam que seus dramas são, esses sim, muito mais graves do que os dramas daquelas que as escutam. Já Moisés tem outros planos. Desgarrado, corre para a quadra e lá começa a caminhar sem pressa. É seu lugar, um lugarzinho de paz, só dele, pensa Maria ao acompanhá-lo.

Chegando mais perto, consegue ver que se trata de uma mulher fumando. Ao aproximar-se mais, reconhece Bárbara, que a cumprimenta com a cabeça. Maria dá um boa-noite tímido, chama Moisés, mas ele está tendo seu grande momento e não dá a menor esperança de que gostaria de voltar logo. Maria se sente desconfortável, evita fazer contato visual, embora não consiga evitar o interesse por aquela mulher contemplando a noite sozinha. Bárbara a observa longamente, admira também aquela outra figura solitária, ao mesmo tempo assustada, um animal indefeso caminhando na mata.

— Dia difícil? — pergunta Bárbara.

— É... bem, não, nada além do normal, o de sempre — responde Maria.

— Sim, o de sempre...

Maria faz que sim com a cabeça, tenta manter alguma cordialidade silenciosa enquanto caminha, vagarosa, atrás de Moisés.

— Desculpe se pareci me intrometer... — continua Bárbara.

— Não foi nada, tá tudo bem.

— Acho que sempre me imaginei assim, numa aflição, e alguém vindo me oferecer ajuda. Mas hoje vejo que nem sempre acontece desse jeito.

— Não... não é afli...

— Claro, acho que me enganei daqui. Mas, me tira uma dúvida, a gente se conhece?

— A gente? Não, eu acho que não, bem...

— Daqui é que não é — continua Bárbara. — Eu vim aqui pra pensar um pouco. Um amigo mora aqui e...

— É, eu sei. — Maria deixa escapar indiscretamente, não consegue esconder algum julgamento na resposta.

— Bom, então você me conhece?

Maria silencia, aperta os lábios. Só o sinal em sua cabeça responde.

— Então é "sim"?

— Sim. Você é o "cachorro".

Bárbara ri alto, soltando a fumaça do cigarro. Seus olhos brilham sob a luz dos postes, mesmo com o rosto parcialmente encoberto pelas sombras das copas das árvores.

— Desculpa! Não quis... Eu conheço o seu amigo, na verdade. Esteve aqui dia desses, eu tava passeando com o Moisés, ele estava aí, sentado, cheio de dilemas.

— Dilemas! — repete Bárbara, com ironia. — É mesmo! Mas que nome para o cãozinho! Olhando bem, ele realmente tem cara de Moisés, não me parece alguém que nasceu ontem. Mas eu ainda tô confusa, aí nessa parte em que eu sou "o cachorro"... vocês estavam conversando sobre seus pets?

— Não, não foi isso... Me desculpe, não foi nada disso.

— Eu não me ofendi, não. Achei engraçado, bonito até. Esse cãozinho seu é resgatado? Você quis dizer que seu amigo me resgatou? É isso?

Maria não sabe lidar com essas situações. Distrai-se com os carros chegando ao estacionamento, olha para Moisés, para os pés de Bárbara, e, suspirando, responde que sim. Bárbara sorri, admirando a silhueta de Maria. O silêncio das mulheres dura uns poucos segundos.

— Não se preocupe com isso. Eu não sei do que vocês falaram, mas não estou ofendida, pelo contrário. Me sinto feliz em ter tido alguém, em algum momento, pra tentar me resgatar. Resgate, mesmo... né? Nem tanto. E o Moisés, não se sente grato?

— Ah, o Moisés é puro amor — responde Maria.

— Muito bem, muito bem. O que você talvez não saiba é que o Moisés também te resgatou.

— Tô começando a acreditar nisso.

— Muito prazer. — Bárbara faz uma mesura com a cabeça. — O nome deste cachorro aqui é Bárbara.

— Muito prazer, sou Maria.

— Maria... Maria e Moisés! Não me diga que há também um rebento chamado Jesus e que um José está à espera... Mas que presépio!

Maria sorri com gentileza, algum melindre a ocupa, o sinal agora murmura difuso em suas orelhas, como que preso numa caixa acústica.

— Desculpe pela péssima piada. É muito difícil quebrar o gelo. Mas não quero me meter, você disse que não há suplício... Eu posso ir indo.

"Não, não, me perdoe, você não se meteu", é o que Maria gostaria de ter dito a Bárbara. Naquele momento, transbordando, sim, de aflição, tudo de que ela gostaria era oxigenar aquele suplício, ter com quem desabafar. Mas não foi o que aconteceu. Não conseguiu dar espaço àquela mulher falante, altiva; e o assunto foi esfarelando, até Bárbara ir embora.

Na despedida, ainda teve a impressão de que Bárbara lhe dava mais uma chance de se abrir, demorava em retirar-se da cena, mas em vão. Já sozinha com Moisés na quadra de esportes, ainda ouvia ao longe, numa outra quadra, um menino jogar basquete. Errava a cesta insistentemente. Moisés parecia desapontado, procurava algo para com que se entreter enquanto Maria retornava devagar, arrastando tudo o que gostaria de ter falado, mas não conseguiu.

Ao cruzar uma rua, percebe que o sinal se dividiu em duas vozes, cada uma cantando uma lenta melodia, uma diferente da outra. Não vai acabar, pensa consigo. Ou foi uma das vozes que disse isso? Vem bem à frente do cão, quase chegando ao seu prédio, nem olhava para Moisés, que a acompanhava de longe, curtindo os últimos momentos da noite antes de subir para casa. Maria senta-se no banco sob os pilotis do prédio, quer sentir, ouvir aquele sinal de perto. O que pareciam duas melodias se revelam, então, um diálogo, que a princípio ela não consegue decodificar. Acompanha as vozes, tal qual um jogo. Ora uma rebatendo a outra, ora uma se misturando na outra. Por trás daquilo, apenas a lembrança daquela mulher lhe oferecendo ouvido, ouvido que recusou, mesmo precisando. "Colo", ouve de dentro. "Apenas diga", ouve o rebote da outra voz, que repete as duas palavras, até elas perderem o sentido na mente de Maria. O que ela teria "apenas" a dizer? "Eles acham que se afogam, mas têm boias, meu bebê não tinha boias", diria isso àquela mulher, se tivesse coragem. "Quem acha que se afoga?", pergunta a outra voz. "Todos", responde a primeira. "Então estão todos bem", ouve de volta. "Mas, se não os salvo, eles gritam, meu bebê não gritou".

Silêncio novamente. Venta sob os pilotis. Maria, sentada, sente o frio chegar, mas não a vontade de subir. Tenta vestir uma voz de Bárbara, e a outra de Maria, como um teatro de bonecas. Mas as fantasias caem, as vozes rejeitam os trajes que Maria quer dar a elas. "Ela não falou, agora quer voltar", diz a segunda voz. "Quero voltar", responde a primeira. "E para onde?", Maria ouve a pergunta. "Minha mãe não serviu pra nada, o Deus dela não ajudou em nada, sou a cabeça e as pernas desta casa, não tem outro lugar pra voltar", continua a primeira voz. "E para que servem cabeça e pernas numa casa?", rebate a segunda voz. "Quero meu bebê de volta", Maria escuta, e a segunda voz: "Eles já cresceram". "Não esses, o de antes, o que ninguém sabe", Maria consegue ouvir na primeira voz o timbre da voz dela, mas sua boca não abre. "O de antes se foi, o pai de antes o perdeu na água do mar". Maria assiste imóvel à conversa, Moisés a acompanha, deitado embaixo do banco do prédio. "Ele era muito homem, não era? Muito cheio de si, fui resolver uma coisinha e...".

— Agora é tarde — diz Maria sentada no banco, fechando os olhos e interrompendo aquela conversa.

De olhos fechados, imagina Bárbara a ouvindo, dando colo àquela dor. O rosto de Bárbara também começa a sumir, restando apenas o colo, um colo no qual Maria se deita.

Faz frio no salão onde Maria perambula. Sobe escadas de madeira, com colunas antigas e sacadas em volta. No centro, e lá no topo delas, duas portas fechadas, de onde sai um som abafado. Maria sobe as escadas, olhando em volta, o salão vazio. Apenas o ruído de seus sapatos ecoa junto aos sons que saem de trás das portas. Ela chega ao topo e abre uma das portas. Lá dentro, uma grande sinfônica ensaia. O lugar do maestro está vazio, mas os músicos miram naquele vazio em busca de orientação, e erram suas partes. Ela consegue ver de longe a dinâmica. Quando alguns acertam as melodias, alguém se perde, olha para o pódio e, confuso, desanda na respectiva parte. Os outros continuam tocando, entreolhando-se em busca de direção e, então, mais um músico erra.

Maria, hipnotizada pela cena, pela grandeza do espaço, pela potência de todo aquele som, vem andando por dentro do teatro. Os músicos a ignoram, continuam a peça. As banquetas de madeira e as luzes opulentas imprimem ao espaço um clima sobrenatural. Ela chega ao pódio, os músicos respiram fundo, sinalizando que o regente chegou. Olham para Maria com uma exausta expectativa. Mas ela não entende nada de música. Quer ajudar, mas não sabe o que fazer. Seu desconforto exaspera os músicos. Ela olha em volta, procura por algum objeto, uma ideia, uma solução para aquele problema, mas não encontra. Aquela dinâmica de queda e reabilitação de cada um continua, ora a tuba, ora o cello, ora o violino. Maria, num impulso, desce do pódio, a banda inteira a acompanha com os olhos.

Ela então se aproxima primeiro da celista, os outros não entendem o que ela está sussurrando. A musicista interrompe sua parte, Maria lhe dá um abraço demorado. Por instantes, ouvimos apenas a tuba errando. Findo o abraço, Maria se dirige à tuba, enquanto a celista retoma, com vigor, dentro do compasso, dentro da harmonia, em fortíssimo. E assim com a tuba, e depois o violino, e assim com todos os outros. Os músicos retomam o foco, a respiração de todos conectada. Depois foi a vez do coro, um a um, sem pressa, sem aflição. No último abraço, a última corista faz um longo cumprimento, curvando-se em agradecimento. Quando se reergue, Maria já não está mais lá.

Ao acordar, o sinal havia ido embora. Só resta o silêncio. Moisés em seu colo e o frio da noite. Subindo as escadas do prédio, Maria lembra-se dos vitrais da igreja que costumava visitar quando morava no estrangeiro. Aqueles vitrais que, embora magníficos, trabalhados ao extremo da excelência, não tinham uma Maria como ela desenhada. Imaginou dessa vez uma Maria diferente naqueles vitrais. Dessa vez não era uma Maria que acolhia o mundo em seu colo, mas uma que chorava. Uma Maria negra, que tinha um colo para morar.

Estou cozinhando e é tarde, por volta das onze. Cozinhar, assim como cantar, tem uma mística processual. É uma atividade que demanda entrega, e qualquer coisa menos do que essa entrega fica impressa no prato. Uma pessoa mais sensível consegue notar isso sem grandes esforços. Outro ponto interessante sobre o que se come é que não cabe defesa. Não há como servir um prato que tenha sabor de, por exemplo, meias velhas, e defender como "parecem meias velhas, mas na verdade são couves-de-bruxelas salteadas no curry defumado". Não. A língua não compra essas distrações. Nem o nariz. Se tem algo que ainda não foi subvertido pela nossa obsessão por valor agregado foi o paladar e o olfato. O que cheira a velho, podre, equivocado, é indefensável. Num outro aspecto, o sabor reflete a entrega para estruturá-lo. Não basta seguir a receita, a comida vai ensinando no meio do caminho. E a pressa, o rancor e a displicência são esculpidos assim como o amor, a paciência e a busca.

Estou só na cozinha, disposto a aprender um prato novo às onze e pouco. Pego meu celular para checar a receita, e leio uma mensagem de Tomás:

"Meu nobre amigo, espero que já tenha alcançado as alturas da humanidade. Estou sem sono. Posso lhe pagar uma bebida?"

"Estou cozinhando, meu jovem", respondo imediatamente.

"Eu também. Estou cozinhando pensamentos complexos. Vamos lá, você faz isso amanhã... Ou depois."

Guardo, então, meu mise en place, pego um casaco e vou. Encontro Tomás esbaforido, numa rua com vários bares, fumando.

— O problema dessas situações é que você já vem com essa cara de quem está disposto a ouvir, e isso só aumenta minha aflição.

— Sinto muito, da última vez que pareci incomodado, você me reprimiu porque sentiu que estava atrapalhando.

— E hoje, o que eu atrapalhei?

— Eu estava cozinhando.

— Às onze? Você não tem idade pra jantar a esse horário.

— Era para a semana.

— Que tipo de pessoa gasta tempo preparando o futuro?

— Taí, é estranho. Mas quando abro a geladeira e pego o almoço para esquentar, e não preciso sair, não preciso pedir, não preciso de nada, é como se alguém no passado tivesse me enviado um presente. E muda meu dia.

— "Não preciso pedir nada." Um dia você vai conseguir interagir com as pessoas com o mesmo empenho com que envia presentinhos para o futuro.

— Estou tentando. As pessoas me ligam às onze, e eu interrompo meu plano, não podem me acusar de negligência.

— Muito bem, vamos caminhar? — diz Tomás, apagando o cigarro.

Ele abre a porta de seu carro e pega uma bolsa.

— Pensei que iríamos nos sentar em algum lugar — respondo, apontando para os bares.

— Estou angustiado, não quero dividir sua atenção com os outros. Ademais, trouxe já o que beber. Vamos andando. O que você estava fazendo mesmo?

— Bem, eu...

— Ah, é, cozinhando! Eu conto pra você primeiro o meu prato, depois você me conta o seu. Tome, trouxe uma garrafa de vinho para cada. Vamos caminhar.

Estou ainda desistindo de pensar no meu plano para a noite. Resta na minha mente a ordem do que eu ia fazer. Selar a carne, refogar, jogar as ervas. Mas ao mesmo tempo fico feliz em poder ouvir um amigo. Sei que é importante, e que, quando precisei, ele me deu o mesmo tempo.

— Estou sem dormir há três dias.

— E você tem idade para isso, meu amigo?

— Pois é, aí é que está o problema. Já cheguei num lugar insuportável. Me deito e durmo por uns momentos, o que é ainda pior, porque me dá a sensação de que vou aproveitar a noite. O corpo até me engana, e eu, ingênuo, acho que vou conseguir. Mas já é a terceira vez que tudo se repete, e hoje resolvi não me entregar. Saí antes de ser ludibriado.

— E o que o preocupa?

— Ora, mas, se eu soubesse exatamente o que está acontecendo, chegaria aqui e lhe diria "estou aflito com X coisa", me despediria e iria embora. Não é?

— Você não acha que romantiza demais suas aflições? Da última vez eu cheguei "com cara de incomodado" e isso atrapalhou. Hoje cheguei "solícito demais" e aí incomodou. Vamos ter que começar por algum lugar.

— Você é um exterminador de narrativas, meu jovem, admiro essa sua antivirtude. Vou tentar começar por algum lugar, em respeito à nossa amizade, e ao prato que você deixou de fazer hoje. Eu tive um sonho semana passada. Com uma mulher.

— Sim...

— Eu a queria. Queria tomá-la para mim, havia um erotismo denso no ar. E em seus olhos, um convite, que era quase um desafio. Mas toda vez que eu falava, ela dançava.

— Dançava?

— Era um sonho! Ela dançava, uma coreografia meio circular, e tinha um olhar de deboche, como se já soubesse o que eu ia falar, e repetia sempre a última palavra das minhas frases. Logo percebi e parei de falar; tentei beijá-la, mas ela se petrificava, como estátua. Perdia a cor, ficava gelada, não tinha mais uma pessoa ali. Daí eu começava a falar de novo e ela, a dançar de novo. Uma dança ridícula, meu Deus. Uma música que parecia uma polca, talvez, mas com uns movimentos de balé, e um revirar de olhos, como se duvidasse do que eu estava falando.

— E você duvidava?

— Do quê?

— Do que estava falando?

— Mas que pergunta! Se eu duvidasse, não falaria nada. Eu estava enlouquecendo, precisava possuí-la, precisava ter aquela mulher em meus braços, render seu calor, dominá-la.

— E ela?

— Dançava. E eu não conseguia me aproximar; quando eu esbarrava em seus movimentos, me feria e sangrava. Um impasse. Falar gerava essa bolha de defesa. Calar a petrificava. E então acordei.

— E o que você sentiu nessa hora?

— Lá me vem você com perguntas de terapeuta. Eu não tenho obrigação de responder a isso.

— Desculpe, estou tentando ajudar.

— Esse é o seu problema. Às vezes a ajuda é só ouvir, só validar. Mas você quer alertar. De que quer me alertar?

— Não sei se devo dizer, já que o que você quer é ser ouvido.

— Não foi o Nietzsche que disse que, quando se ajuda alguém, você precisa fazer parecer que essa pessoa lhe fez um favor ao deixá-lo ajudar? Porque, do contrário, você a humilha, revelando a miséria dela. É isso o que você quer?

Revelar minha miséria? Já não basta um sonho de merda desses?

— Realmente, é uma senhora coreografia ajudar fingindo pedir um favor. Eu tentaria isso, meu amigo. Vou praticar um pouco. Mas, até lá, lhe pergunto: não é um impasse miserável estar entre a insônia e o não despertar? E não te parece uma excentricidade pedir uma ajuda e não a querer?

— Sim!

Rio alto, não consigo me conter. Tomás faz dessas. Por mais que eu tente prever esse tipo de respostas, nunca consigo.

— Você esperava um compromisso com a consistência? O que acha que isso é? Um romance?

— Realmente. As pessoas me surpreendem.

— Taí um bom nome para o seu livro.

— Acho que não. — Bocejo tentando evitar o assunto.

Nessa hora, passa Bárbara com algumas compras nas mãos. Ela não nos encara, Tomás olha para trás, no intuito de checar seu corpo.

— Minha nossa, essa não é a...

— Sim!

— Esther! Que mulher!

— Bárbara, o nome dela é...

— Sim, eu li. Mas pra mim sempre se chamará Esther, muito mais exuberante, inclusive eu gostava mais quando ela... — Tomás titubeia, faz um gesto tentando completar o que ia dizer, sem dizê-lo.

— Continue...Quando ela ...?

— Não sei, ela se parecia mais comigo. Me identificava com ela. Já agora...

— E como ela se parecia?

— São muitas perguntas, meu amigo. Queria ter todas as respostas, até para não frustrá-lo. Mas prefiro viver as perguntas a caçar as respostas com uma rede de pegar borboletas. Já sei o que você vai dizer, que a vida é para se examinar. Mas não. A vida é para se viver. Você não fica lá examinando os ingredientes na hora de cozinhar, apenas os cozinha.

— Falando assim você quase me faz sentir culpado. Mas te conheço. — Lembro que tenho uma garrafa de vinho nas mãos, e dou um gole antes de continuar: — Você quer os ganhos sem pagar os preços. Acho louvável, talvez até consiga, mas nem sempre. Taí seu sonho que não me deixa mentir.

— Não é isso — responde Tomás —, mas sim uma questão de aceitação. As pessoas precisam chegar lá por conta própria. Seguir a esteira de suas experiências até encontrar as respostas. E não serem empurradas da cachoeira, como você gosta de fazer. Isso vai contra o que elas querem.

— E o que elas querem?

— Aí é que está, meu jovem! Não é da sua conta. Quem te convidou a resolver todos os desencontros do ser humano?

— Todos, eu não sei, mas eu estava lá em casa cozinhando e você...

— Preciosismos!

— Mas, meu camarada, não seria uma contradição muito grande pedir ajuda e depois repreendê-la?

— Sim. Não seríamos uma contradição muito grande, afinal?

Nessa hora, um andarilho que vinha desde longe em nossa direção nos interrompe:

— Meus amigos, que belos senhores. Vocês têm um pão?

— Parece que levamos um pão neste momento, meu querido?

— Não, mas vinho...

— Sim — responde Tomás, seco.

— Se puderem me dar uma ajuda, é que eu...

— Vamos lá, com certeza. Mas façamos assim. Você escolhe: ou o vinho ou nos conta sua história. O que você prefere?

— O vinho — sorri o andarilho, com seus incompletos dentes.

Tomás bufa, pega na bolsa uma outra garrafa e dá a dele. Só então percebo que há outras garrafas.

— Aqui está. Aproveite.

— Obrigado, patrão! Você é muito gentil! Me faz lembrar...

Tomás perde a paciência, pede a garrafa de volta, o andarilho se recusa a dar e se afasta.

— Engraçado, você cobrando consistência do andarilho, meu jovem?

— Não, estava buscando apenas conforto, como ele!

— Muito bem — respondo. — Aqui a gente chega numa encruzilhada. Precisamos de conforto, não é? Mas isso inclui contar histórias a nós mesmos (e sobre nós mesmos), inventar uma versão dos fatos.

— Mas inventar não seria...

— Sim, inventar! Vai me dizer que sua versão é a oficial? Na verdade, não passa de uma hipótese preferida, imperfeita. Montamos em cima dela e vamos, e de repente estamos velhos.

— E há alternativa?

— O seu sonho se parece com o enigma de uma esfinge. Enquanto você não entender quem é aquela mulher, o que ela quer, e estiver apenas lutando para possuí-la, ela dançará, ou virará pedra. Mas você conta outra história para si. Na sua história, ela não passa de um fenômeno extravagante, um estorvo. Quando na verdade, ela está apenas reagindo a quem você é. Se reagir de outra forma, ela vai mudar, mas é mais confortável... já que estamos falando de conforto... culpá-la. O problema é o impasse que se desenha: você diz que quer possuí-la, que é sua missão, mas não sabe como, e seu repertório só lhe dá acesso a ferir-se, ou à indiferença. E, numa outra camada, você se defende, afinal não quer ser jogado da cachoeira, mas também não pula. Eu entendo, tudo bem. O problema só é que, daqui a alguns anos, essa terá sido toda a história da sua vida.

Tomás já está embriagado. Me olha sério, como se as palavras estivessem aterrissando, uma a uma, em seus ouvidos.

— Vou ao banheiro — me informa, cruzando a rua para urinar em uma árvore.

Depois de alguns minutos ele volta, tentando se reorganizar.

— Me lembrei de outro dia, quando você disse que precisava se tornar um ser humano melhor para conseguir prosseguir com seus personagens. Depois de um empurrão desses, meu amigo, na água fria, como você espera que eles reajam?

ESPÍRITOS NA ESCADA

De fora do apartamento de Matheus, ouve-se um ressoar de piano de cauda. O som, abafado pela porta, ecoa sua melodia pelo vão da escada. Os vizinhos já conhecem o hábito dele, que costuma também dar festas, receber convidados em seus saraus, quando tem a oportunidade de mostrar seus dotes musicais, convidar poetisas e artistas para desfrutar do espaço, da comida e de uma tensão social que muito lhe agrada. Matheus toca o noturno 27 nº 1 de Chopin. Não conhece tantas peças, apenas escolhe de maneira cuidadosa o que deseja aprender, pensando no que as pessoas vão ouvir, em como vão reagir ao seu gosto que é visto como elevado.

Na virada da música, em que ela deixa seu aspecto sombrio e ganha breves traços luminosos, como se abrissem por momentos uma janela para o sol entrar na harmonia, Matheus erra a execução. Já é a terceira ou quarta vez que se enrola tentando resolver esse trecho. A parte anterior inteira, tocada com cuidado, envolve Helena numa atmosfera densa enquanto prepara o jantar na cozinha. No entanto, os erros a incomodam, tiram sua concentração e tornam sua tarefa mais desgastante, relembrando-a o tempo todo de que o jantar precisa ficar pronto e de que Matheus toca piano na sala.

Na quinta vez que Matheus se atropela na interpretação da passagem, ele desiste, para alívio da esposa. Enquanto ela prepara a comida, o marido pega o celular e abre a rede social. Antes de ver todo o resto, checa sua própria linha do tempo, como de costume, e lá encontra a foto da festa de sua premiação, uma noite na qual pôde desfrutar de tudo, fez o que quis, reinou até o fim da madrugada. E também atropelou Luiz logo no início do dia. A foto lhe suscita sensações diversas. Se, por um lado, a noite foi sua, por outro, as manchas deixadas no final não o deixaram em paz. Na manhã seguinte checara o carro, estava íntegro. Também auditou seu blazer, e confirmou pela última vez que as gotas de café espirradas pelo garçom haviam sumido.

O impacto do corpo, a queda daquele homem na faixa de pedestre, sua convulsão, tudo observado pelo retrovisor do carro, que também revelava uma cena sem testemunhas. No vão de sua mente, onde ainda ecoavam os trechos de Chopin, alguma parte sua se pergunta: antes de mais nada, fez mal? Não sabia responder. Afinal, aquele homem vestido de serviçal, aquela figura maltrapilha, o que fazia ali naquele horário? Teria morrido? Se sim, alguém teria visto? Teria alguém conversado com um guarda, um policial, haveria alguma câmera (nesse mundo em que já há tantas) registrando o feito, registrando a placa do carro de Matheus naquele momento?

Matheus checa a foto mais uma vez. Sente-se bonito, observa seu queixo bem desenhado, o terno bem cortado, o outro homem que lhe lança o braço sobre o ombro, aquele outro diretor, orna bem com a foto. Juntos, parecem dois executivos promissores, saudáveis, bem resolvidos e generosos. Capazes de levar o mundo pra frente, para aquele lugar onde os jornais, os sites, as redes e tudo mais dizem que estaremos muito em breve. E mais: os comentários nas fotos corroboram isso. Meia centena de pessoas elogiando, cantadas de homens e de mulheres; palavras de encorajamento àquelas duas figuras sorridentes de terno, comemorando o fim do ano e o fim de mais um ciclo de gestão daquela bem-sucedida empresa a que servem.

As mãos de Matheus coçam e um desconforto sobe pelos antebraços. Relembra o grito abafado daquele homem ao cair, a vontade de passar por cima daquele corpo diversas vezes, algo que só o apreço pelo carro, impecável, o impediu de fazer. Tenta esconder essas lembranças em uma gaveta de sua mente. Helena entra na sala. Traz os acompanhamentos do jantar, avisa que vai preparar a carne. Matheus concorda, finge estudar a partitura da música. Quem, afinal, não teve de esconder feitos sombrios em sua alma, na incapacidade de apresentá-los de forma aceitável, inclusive a si mesmo? A qual dos inúmeros jogos do ser humano esse movimento pertence?

Tocam o interfone. Helena vai atender. Matheus sente um frio na barriga, as mãos suam. Sentimento esse que tem acontecido com qualquer chamada desconhecida em seu telefone, qualquer campainha inesperada, qualquer mensagem que lhe chega ao celular de um número não registrado. Tem vontade de se confidenciar à mulher. Essa que tanto aceita seus trejeitos, suas decisões, não aceitaria que, vez ou outra (principalmente na festa em que o marido foi premiado, e na qual teve relações com duas outras mulheres), ele tivesse um apetite de passar por cima de pessoas na faixa de pedestres em plena madrugada? E se ela aceitasse?

Helena lhe faz uma pergunta. Matheus não capta as palavras, apenas a inflexão na voz.

— Querido, tudo bem? Você pode pegar uma encomenda na portaria? — ela repete.

— Sim, sim. Claro. Desculpe, fiquei surpreso com esse seu vestido. Te valoriza muito. Você está maravilhosa.

A esposa, na dúvida sobre o que sentiu, sorri em agradecimento. Haveria algum problema na empresa? Ele estaria pensando em divórcio? Não consegue ler a expressão de

Matheus. Até o admira por sua capacidade de transitar emocionalmente nas mais diversas situações, sempre extraindo o melhor de cada uma, sem ser pego, sem nunca ser pego.

Sob as câmeras do elevador, Matheus se realinha. Era apenas uma entrega para a esposa, só isso. E afinal de contas, por que esse frio na barriga? Não teria ele já outras vezes realizado a mesma manobra nas faixas de pedestres, a ponto de ficar bom nisso, de saber o exato momento de acelerar, o exato momento de frear? Por que esse descontrole? Por que essa aflição? O problema é que dessa vez, enquanto ia embora, o corpo não se levantou, mas ficou lá, estatelado no chão, convulso, enquanto a claridade do início da manhã esboçava a cena do incidente.

Nos dias que se seguiram, o feito o acompanhou sorrateiro. Levando o filho à casa de um amigo da escola, coordenava a velocidade do carro para evitar qualquer cruzamento com pedestres. Não queria acionar essas cenas em sua mente toda hora, não queria trabalhar com essa carga enquanto se deslocava na linha reta de sua vida. E nesses momentos sentia paz. O ocorrido lhe parecia apenas um sonho, um delírio produzido por sua entorpecida visão naquela madrugada. E, quando tinha essa paz, o hábito de se aproximar de um cruzamento com pedestres voltava, a ponto de o filho começar a apontar para as pessoas do banco de trás do carro, talvez imaginando que o pai não as visse.

— Isso, Joãozinho, é isso mesmo, as pessoas na calçada, elas precisam ser respeitadas. Obrigado por apontar pro papai, eu me distraí.

Ainda que o filho não as apontasse, uma peça na engrenagem de Matheus estava travando. Mesmo dirigindo sozinho, ele hesitava, aquele corpo caindo no chão, replicando a queda diversas vezes diante de seus olhos, parecendo um boneco de borracha, o homem perdendo a expressão, aquele momento em que deixa de ser vida e passa a ser só matéria, isso o impedia de repetir do lado de fora o que se reproduzia dentro de si.

— Ele, afinal, mereceu, não mereceu? — pergunta Matheus em voz alta dentro do carro. — Andando pela manhã, como um tonto, o que ele estava fazendo ali? Não tem respeito pela própria vida? Não sabe que a regra é esperar na calçada, com os carros passando depressa pela rua? Se não por isso, por ser um mau garçom, com certeza: desavisado, arrogante, sem empatia. Sujando os clientes sem mostrar qualquer arrependimento.

A chegada no trabalho nessas vezes foi bem diferente. Nas semanas que se seguiram, na prévia do fim do ano, as pessoas estavam animadas, trocando demonstrações de carinho, celebrando as férias que se aproximavam. Matheus as surpreendia conversando e saía com a impressão de que falavam dele. A deferência que ofereciam ao chefe era vista com desconfiança, pareciam saber de alguma coisa. Se não do "acidente", talvez do seu comportamento na festa, o que facilmente as faria deduzir o seu feito, quem sabe?

Vai ao banheiro checar e lavar o rosto. Em vez de usar o banheiro de sua sala, mais perto, mais cômodo, foi ao do corredor para sondar o clima das pessoas. Elas não falam nada sobre ele, apenas sobre férias, sobre momentos da festa de semanas antes, fazem brincadeiras entre si. Saindo do toalete, esbarra na nova funcionária, com quem já esteve em outro banheiro não muitos dias antes. Ela o olha entre a atração e o terror, como se soubesse o que pode emergir do encontro entre os dois, e mesmo assim quisesse mais. Matheus não sabe como reagir, move-se rápido em direção à própria sala. Nesse instante, derruba o filho João, que do chão o encara com medo. Ainda em dúvida se estava, ou não, em casa, demora-se para levantar o filho. Ergue-o do chão, sem saber se repreende a criança, transferindo assim a culpa para ela, ou se lhe pede desculpas. Pedir desculpas parece fora de questão. O menino, já de pé, sem saber se chora, se vai ganhar colo, se vai levar uma bronca, assiste ao pai contorná-lo em silêncio e voltar para seu quarto.

No caminho, uma fila de gente lhe passa às vistas. Não só Luiz, não só Felipe, não só Julia, a antiga funcionária. Ex-colegas de trabalho, funcionários, amigos de faculdade, ex-namoradas, outros homens com quem Matheus se relacionou em segredo no grupo de teatro. Uma a uma, pessoas sobre quem Matheus, em maior ou menor grau, passou por cima em sua escalada. Quem diria que estaria ali hoje, premiado, sobre a cabeça de todas essas pessoas que (em diversas ocasiões) deixou sem palavras, perdidas.

Mas assim não dá, pensa Matheus. Não fez todo aquele esforço para ficar delirando, divagando com sentimentos de culpa. Essas pessoas, todas, não têm suas culpas? E ainda, a operação dele não foi, a vida toda, higiênica? Se tivesse deixado algum rastro até o momento, já teria sido preso, processado, envilecido de diversas formas. A realidade prova o contrário, continua Matheus, não é bem assim. Ademais, já não se viu que muitos são os atropelamentos dos que podem em relação aos que não podem, que não resultaram em mais do que uma advertência? Matheus não quer sequer essa advertência. Como seu pai mesmo o advertira havia muito tempo: há que ser bom em casa. E hoje Matheus é grande, e sua casa é o mundo. Ele tem dinheiro, tem poder, tem condições de resolver isso da melhor forma possível. Não são tantos os guardas mal pagos no mundo? Talvez os delegados, o que importa? Se precisar comprar um juiz, com o dinheiro e influência que tem hoje, inclusive sobre seus superiores, não teria condições de resolver isso? Quem, afinal, vai se importar com um corpo preto jogado no chão, que tanto faz se está vivo ou morto?

Agora, sim, Matheus de fato está no escritório. Como ele sabe disso? Foi pegar um papel na impressora um dia desses e cortou a mão numa das folhas. Aqueles cortes finos e dolorosos. Hoje se levantou para pegar um outro contrato, e fez o mesmo movimento sem perceber, e lá um corte de novo na mão apareceu. Está no trabalho, com certeza, e não em qualquer outro lugar. Do lado de fora, a nova funcionária passa olhando para dentro de sua sala, curiosa. Matheus a ignora. O menino novo, seu atual puxa-saco, já imita seu vocabulário pelo corredor, de maneira deplorável. Não apenas não entende o que está fazendo, como Matheus ouve as pessoas debocharem dele enquanto tenta simular o superior. Nessa hora, uma mensagem de Helena chega pela rede social. Primeiro uma reprimenda: enviou três mensagens direto no celular de Matheus, que não foram vistas. Reclama que só o chamando na rede para ele atender. Quer que fique com o filho hoje, pois vai sair com as amigas. Matheus se revolta, não haviam combinado isso. Mas haviam, sim, duas semanas antes, com a antecedência que ele exige da esposa, uma vantagem com a qual ela, por outro lado, nem sempre pôde contar. Dessa vez, não há escapatória, passará o fim da tarde e a noite com o filho.

Ao encontrar João em casa, flagra no menino o mesmo mal-estar, a mesma indisposição com a qual ele assumiu a tarefa de lhe fazer companhia hoje. O filho também preferiria outro programa, talvez jogar videogame, talvez brincar com o cachorro que nunca recebeu de presente, e que nem sabe se vai ter outra chance de pleitear com os pais. Diante desse sentimento, Matheus tem outra ideia. Visitará a mãe.

Na chegada, e como em muitas das outras vezes, deixa João embaixo do prédio. Com o celular e uma garrafa d'água, o filho fica no cercado em volta dos pilotis do prédio, e só o pai sobe, formato de visita improvisado a partir das últimas vezes em que a mãe de Matheus tratou o neto injustificadamente mal, gerando problemas em casa com a esposa. João se senta em um banco com o celular enquanto espera pelo pai. O prédio vazio, apenas uma pessoa ou outra caminha do lado de fora da grade. Matheus abre a portaria, tem as chaves da casa da mãe. Sobe as escadas do prédio antigo, onde ela foi morar após o divórcio. Não há elevador, o zelador nunca está, um prédio modesto, com muito menos serviço e muito menos sofisticação do que aquele onde mora.

Chegando, encontra a sala vazia, as cortinas fechadas, um cheiro de estofado velho e mofo. Ouve a mãe gemer, parece estar se levantando da cama, Matheus vai até as janelas e abre as cortinas, revelando os móveis antigos na sala, algumas plantas penduradas em arranjos nas paredes, uma cômoda velha com estátuas, porta-retratos, um vaso com flores murchas.

— Matheus?

Matheus não responde, apenas dá um longo suspiro.

— Oi, meu bem — diz a mãe, com a voz rouca, mais baixa e grave do que Matheus tem na memória. — Que bom que você chegou. Cadê o Junior? — A mãe se aproxima de Matheus, aninha-se em seu peito, dá um curto beijo em seu queixo e vai se sentar.

— O nome dele é João. Está lá embaixo, brincando — responde Matheus.

— Ele não vai subir pra comer? Vai passar o dia lá embaixo?

— Mais tarde eu chamo. Ficou uns dias de castigo, sem sair. Deixa ele aproveitar um pouco antes de subir.

— Ele se parece tanto com você, aquele olhar severo, parece uma estátua... séria.

— É.

— Mas ele tem o meu espírito. Gosta de correr, gosta de brincar. — A mãe olha pelo espaço iluminado da casa. — Não se importa de se sujar um pouco.

— Não, ele não se importa de se sujar um pouco. Com certeza. Aí é que está o problema.

— Eu fico com pena quando você bate nele, quando o proíbe de sair. Ele já não tem muitos amigos.

— Eu não bato nele, mãe. Já te disse isso.

— Eu sempre discordei do rigor do seu pai, e falava pra ele, mas não adiantava, você sabe como ele era. Todo mundo pra ele era pederasta, fraco. Tolerei muita, muita coisa... Você tem notícias dele?

— Eu não o procuro.

— Estou muito mal, acho que não vou passar desse próximo ano — diz a mãe, torcendo a camisola à altura do peito.

— E o que você tem, mãe? Te levei pra fazer todos os exames. O que é?

— Não sei se é uma alergia, uma dor, eu sinto uma queda de pressão e desmaio. Eu caí ontem, vê? Olha aqui na minha testa. — A mãe levanta uma mecha do cabelo e revela uma mancha roxa-escura.

— Nossa, mãe! O que você...

— Não sei, eu fiquei assim tem uns meses, desde que seu pai foi embora.

— O quê?

A mãe olha para as plantas presas à parede.

— Mãe, papai foi embora tem mais de vinte anos.

— Ele nem esperou você chegar da universidade com o resultado da sua prova para Engenharia.

— Eu me formei em Administração, mãe.

— Foi embora com a roupa do corpo. E com aquele cão nojento. Parecia tão calmo. Eu não soube nem te explicar o que aconteceu. Era para termos saído para comemorar. Será que não fui boa o suficiente?

Matheus passa a mão pelo rosto, subindo pela testa, os cabelos caindo de volta no lugar.

— Você lembra? Quando a gente morava no outro apartamento? Lembra, Junior? Gigante! Com um piano na sala. Eu tinha que caminhar até o seu quarto pra te encontrar. O Matheus na sala, ensaiando, nunca conseguiu tocar direito uma música! Ele ficava irritado e acabava brigando com você. Você sempre aprendeu tão rápido...

— Você quer que eu compre algo pro seu machucado? Precisa que eu compre comida?

— E aí chegou a carta do divórcio. E a intimação pra gente sair...

— Mãe, conseguiríamos conversar sobre qualquer outra coisa hoje?

— Claro, meu amor. Claro. Como anda o teatro? Você vai se apresentar por esses dias?

— Não, eu não... Mãe, você sabe que há muito tempo eu...

— Você é tão lindo. Sempre se comportou tão bem. — A mãe se levanta, caminha devagar em direção ao filho, sentado à mesa de jantar perto da porta. Matheus enrijece o corpo. — Sabe, eu tenho recebido umas mensagens.

— Mensagens, mãe? De quem? Por onde? Você não sabe nem atender o telefone.

— Das músicas, meu amor, das músicas. Toda vez que coloco um som pra tocar, eu recebo uma mensagem. Ontem elas diziam que tolerei muito por amor. Eu queria você bem, queria todos bem.

— Das músicas? Que músicas?

A mãe claudica até sua vitrola enquanto Matheus fala, coloca a agulha em um vinil, que começa a tocar Julio Iglesias. Embala o corpo no ritmo da canção, a mão esquerda regendo o arranjo no ar.

— Vê?

— Ver o quê? É só uma música romântica!

— Sim! De amor. Você, sim, sabe amar, meu bem. Você

é perfeito, perfeito. Tão maravilhoso com essa roupa, perfeito como o seu...

— Mãe, me ajuda aqui. Essa música, que mensagem tem nela para você?

Os olhos da mãe brilham, fixando-se num quadro do casal, ainda jovem, na parede. Matheus ouve um ruído, a mãe o segura pelos ombros.

— Meu bebê. Onde ele está? Você vai deixar ele lá embaixo para sempre? Vai ficar vestindo-o com aquelas roupas ridículas, espancando para ele te obedecer? Você não tem vergonha?

Matheus se levanta e, já com a porta aberta para sair, a mãe o segura pelo braço. Agora ela parece forte.

— Aonde você vai? O Junior lá embaixo, correndo, brincando. Lindo! Um olhar lindo. Você não vai mais bater nele! Eu não vou deixar nunca mais! Seu monstro!

— O quê? Do que você está falando, mãe? Quem apanhava aqui era eu! Eu nunca...

— Você é daqueles que mata a família com as próprias mãos. É isso! Você não vai! Me ouviu bem? Pode ir embora, leve essa merda desse cachorro podre, você se sente um rei com essa porcaria no colo. Pode levar.

— Ah, não... Ah, não. — Matheus tenta soltar-se do braço da mãe. — Hoje, não. Hoje, não! ... Mãe?! Você consegue me ouvir? Mãe?

— O quê é? O que você quer? Vai me dizer que não consegue ouvir a mensagem? Vai me dizer que não ouve o que a música quer dizer? Ouça, ouça: "De tanto jogar com os sentimentos / Vivendo de aplausos envolto em sonhos / De tanto gritar minhas canções ao vento / Já não sou como fui, já não sei o que sinto: / Me esqueci de viver!".

— Escute, escute... — Matheus consegue se livrar das mãos da mãe. — Deixa eu lhe contar...

***

Maria vem dirigindo pela rua que leva ao seu prédio. Aprendeu recentemente a desfrutar de música no carro. Há dias ouve Prisma Luminoso sem parar, sempre que está só. Canta alto, batuca no volante. Estacionado o carro, espera a música acabar antes de sair. Vem pela calçada timidamente, ainda com o ritmo da música no corpo, espiando para ver se alguém a observa. Ao fazer a curva para entrar no prédio, lá está o menino novamente, aquele que havia violado o primeiro cachorro, como já sabemos. Maria gela. Anda mais devagar, em busca de como reagir àquela criança nesse novo encontro.

Ele ainda não a viu, está de costas, arrancando um galho de uma árvore no gramado do prédio. Maria vem caminhando, dessa vez mais maternal, não importa o que passou, quer entender melhor aquela criança que, vez ou outra, erra sozinha nos pilotis de seu prédio. Ao se aproximar, o menino se vira, vê Maria e se assusta, como se lhe fosse descer novamente a mão nas bochechas.

— Oi, meu bem, está tudo bem, tudo bem. Desculpe, me desculpe pela outra vez. — Maria se agacha, fala com o menino com candura. Os olhos dele ainda desconfiados. — Como você se chama?

— João.

— João? Que bonito. João, como o do pé de feijão? Você conhece a história?

João não reage. O galho em sua mão dá ao menino uma sensação automática de risco, evidência de que fez algo errado, o mesmo sentimento que criou as condições para o tapa que levou da última vez. João larga o galho.

— Tá tudo bem, João, tudo bem. Cadê sua mãe?

— Não sei.

— Ela mora aqui?

— Não.

— E seu pai, cadê seu pai?

João aponta para o topo do prédio, no quarto andar, e diz:

— Lá.

É a torre de Maria. Ela mora no segundo. João apontou para o último. Maria resolve subir, talvez seja um vizinho que ela não conheça ainda. Talvez nem ele saiba o que o filho faz quando está sozinho embaixo do bloco. Aliás, o que faz o menino sempre embaixo do bloco, sem o pai? Maria conhece quase todos os moradores ali, menos os do último andar. Subindo as escadas, vai se lembrando. A família que mora ao lado dela, os dois casais que moram nos andares de baixo. Nos andares superiores, um senhor extrovertido, que passa as tardes conversando com o zelador. E um casal de namoradas que trabalham o dia inteiro, chegando só ao anoitecer. Não, nenhum desses andares seria o do pai do garotinho. Subindo as escadas, lembra-se de seu rosto. Talvez nem entendesse o que fizera com aquele primeiro e miserável cachorro. Que bom que Moisés foi salvo antes, dessa vez a vida não conseguiu consumar seu apetite por violações. Chegando ao quarto andar, ouve ruídos do apartamento à esquerda. Ralenta o passo, sua respiração muda. Um homem e uma mulher lá dentro parecem discutir.

***

— Escute, escute... Deixa eu lhe contar uma coisa — Matheus continua — Mãe, não tenho mais condições. Não tenho mais. Eu vou precisar ir embora.

— O quê? Vai nos deixar de novo? Deixar o Junior, que tá lá embaixo te esperando? Não vai ouvi-lo? Não vai nem deixar ele te dar a notícia de que passou no vestibular? Pra onde você vai? O que vamos fazer, Matheus? O quê?

— Mãe... Mãe! Para com isso! Pelo amor de Deus! Para, para! — Matheus sacode a mãe pelo ombro. — O Junior sou eu! Mas que desgraça! Sou eu! Sou eu! Eu que perdi meu pai, que fiquei com a mãe louca pra cuidar, sou eu! Lá embaixo não tem Junior! O Junior matou um homem, mãe! Matou um homem atropelado!

A mãe de Matheus emudece, enquanto Julio Iglesias canta outra canção. Matheus se desvencilha da mãe e abre a porta bruscamente, dando de cara com Maria, que se vira e corre pelas escadas. Matheus tenta ir atrás dela, a mãe o agarra.

— Não a mate, Matheus, você tem um filho! Ele te ama, ele te ama!

Matheus tenta se soltar da mãe e descer, mas ela o agarra pelo blazer, gritando. Ele perde o equilíbrio e cai no primeiro lance de escadas. Um impacto oco, um zunido dentro da cabeça, o queixo lateja e uma dor rasga sua carne e irradia em direção ao crânio. Havia ainda esperança de ter sido apenas uma queda simples. Ao abrir os olhos, vê gotas de sangue no chão. Os dentes amolecidos. Apalpa os incisivos, todos estão lá. Os caninos, todos lá. Ao chegar aos molares, a dor arrepia o corpo inteiro. Os passos na escada agora precisam ser lentos, cada impacto lhe dói como uma agulha no cérebro. Sente ódio, vergonha, medo de ter se deformado, de ter se destruído. Precisava ter vindo hoje?

Desce as escadas devagar, e não encontra ninguém. Vai até o térreo, os olhos vermelhos, lacrimejando. João olha para ele assustado, como se fosse ser punido por nem sabe o quê. Matheus tenta falar com o filho, a voz fofa dos ferimentos na boca torna sua fala débil. Respira fundo enquanto arrasta o filho pela mão em direção ao carro. O Matheus ferido na escada, esse ele não aceita.

Bárbara está de novo em frente ao espelho. Encontrará Roberto mais tarde pela última vez, embora apenas ela saiba disso. Curioso pensar no número de ocasiões em que esbarramos com nós mesmos sem perceber; frequentamos nossa própria imagem todos os dias, mas dificilmente a deixamos nos frequentar. Dificilmente deixaríamos um estranho ser tão rigoroso com ela quanto somos com nosso reflexo. Um cotidiano tão próximo, e uma vida tão distante. Faz tempo que o celular de Bárbara não recebe mais chamadas, nem mensagens. Um fôlego incomum que ela começou a experimentar, a possibilidade de ser a si mesma, apenas trazendo compras tarde da noite, apenas sendo. Bárbara se maquia, se perfuma em seu ritual de preparo para dar-se ao outro.

Essa pessoa em frente ao espelho é diferente daquela que já foi, não muito tempo atrás. A outra, náufraga em fragmentos do passado; esta já consegue contar uma história sobre si, e para si. Uma das histórias que Bárbara contou a si recentemente é a de que ela e Roberto mereciam uma despedida antes de... antes de ela recomeçar. Antes disso, quer dar e colher de Roberto algumas belezas para levar para a próxima fase. Prepara-se com carinho, de um jeito que nunca havia experimentado antes, de um jeito que os lugares que frequentou com seu sexo nunca testemunharam.

No caminho para encontrar Roberto, o descobre. Brotam imagens, palavras, expressões faciais. Aquilo que Roberto é sempre esteve ali, bastava Bárbara chegar para ver. Mas havia tanto no caminho. Mágoas, mas não só. A mágoa é uma matéria-prima nos esperando para se tornar outra substância. Mágoas podem se tornar lágrimas. Podem se tornar anos perdidos, despedidas, mas também amor e liberdade. Bárbara ainda precisa proteger os olhos da luz que vê nas coisas, ali, existindo intensamente. Já sabe que verá Roberto hoje, existindo também intensamente. Sentirá seu corpo, seu amor, aquilo que ele é e aquilo que ele não é. E acolherá tudo, inclusive a si mesma. Mais tarde, quando já estiverem um conectado ao outro, um dentro do outro, Bárbara receberá e amará todas as partes de Roberto, sem escolher. Bárbara hoje se levantou amor.

Ela não vai comunicar isso. Será como mais um encontro, mas também será como um tributo, e ainda será como um começo. Checa-se de novo no retrovisor do carro e não é mais um monstro, nem um morto-vivo. Bárbara está ali, existindo com a mesma intensidade. Imagina o que levará para a sua próxima fase, há tanto para ser e para viver, e essa sensação lhe dá vertigem. Tanto mundo lá fora. Uma coisa nova lhe ocorre: não consegue recordar desde quando, mas por muito tempo sua vista era como um túnel, só via exatamente aquilo que estava à frente, fosse ameaça, fosse salvação. Havia salvação? Era mesmo uma visão de túnel ou uma vista de dentro do fosso? Hoje tem um sol morno, um céu saturado e, sim, muita dor por todos os lados, mas não dentro daquele carro, que se dirige para encontrar Roberto. Não importa o que será levado para uma próxima fase, desde que seja verdade, desde que seja seu.

O sexo de hoje é generoso e sem pressa, deixa de ser uma sede a ser saciada e vira um mergulho profundo; o mundo lá fora em uma velocidade, e o mundo dentro noutra. Os ruídos da rua não chegam ao quarto, só existe a fusão de um no outro. Eles ouvem uma música que ambos conhecem.

— Parece falar de perda — diz Roberto.

Bárbara apenas concorda. Ela vê outros matizes na letra daquela música, mas hoje não importa, hoje não faz mais sentido discutir, nem retificar nada. Passamos a vida estranhando a incompletude, como se ela nos fosse alienígena, quando incompletude é tudo o que há, é tudo o que inunda aquele quarto, e fora dele. Bárbara hoje recebe bem essa incompletude, beija Roberto, sente o cheiro dele pela última vez, faz fotos mentais de seu rosto, de seu tom de voz. É um pouco do que vai levar para sabe-se lá onde depois. A incompletude nos ajuda a saber perder. E saber perder é saber viver, pensa Bárbara. Tantos anos agarrada a uma ilusão de integridade, como se as violações do passado, sim, todas elas, tivessem tirado o essencial de si. Não, não tiraram. Bárbara aprendeu a rir. Ri de si mesma, de imaginar que algo lhe foi tirado. Não, nada se perdeu.

Bárbara se despede de Roberto. Percebe que ele notou alguma diferença, houve tentativa de diálogo sobre isso. Bárbara foi gentil, mas não deu detalhes. E se entenderam. Encheu Roberto de amor, de coisas que ele não sabia que estava recebendo.

***

Muito tempo depois, uma lembrança pousa em Roberto e o faz examinar aqueles momentos vividos na despedida de Bárbara. Era uma despedida! Agora faz todo o sentido. Isso estava no ar, uma frequência diferente na voz dela, um cheiro, um toque, mas o que era? Mais uma vez a incompletude. Eu e você sabemos o que ela quis dizer naquele dia, mas Roberto, não. Para ele, a mensagem até então era insondável. Há uma nostalgia, uma memória boa que fica, como um dia inteiro, calmo, em frente à praia, que nos brota na lembrança muito tempo depois, fazendo reviver tudo aquilo que já foi.

Era uma despedida! Um sopro de doce tristeza o toma. Se ao menos tivesse notado na hora. E se tivesse notado, o que teria feito? Ao mesmo tempo, um prazer e um amor o tocam; marcas daquele encontro, agora, sim, decodificadas. A mulher e o filho voltam com sorvetes nas mãos. Sente vontade de contar a eles a descoberta, já que os ama. Mas não é possível, é apenas possível estar ali e ser Roberto, como nunca havia sido naquela época de seus sobrevoos. Por muito tempo, viu Bárbara como uma dor. Via e entendia o passado dela, mas não conseguia capturar aquela mudança em tempo real. Parecia que a dor a legitimava, mas, naquele dia, era *ela* a legítima, e não a dor. Fica feliz por isso. Sente um ímpeto de contactá-la, parabenizá-la por isso, mas já foi, está no passado. Se pudesse contar que o futuro seria mais calmo, como esse dia numa feira, aguardando a esposa e o filho passearem... Se Roberto pudesse contar com isso, mas, afinal, sem toda essa experiência, como saber que ele chegaria exatamente aqui? Sofia e o filho, Rafael, chegam com o sorvete. Trazem um para Roberto. Ele sempre odiou sorvete, mas não importa. Importa aquele amor, aquele tempo ali. Eles entregam-lhe o sorvete com um ar de provocação, "prova!". Roberto toma o sorvete, como se sempre tivesse gostado.

— E aí? Gostou, pai?

— Não! É horrível! — E riem.

Roberto ri junto. Aprendeu também a rir, e algo em seu corpo mudou desde então. Pensa em Bárbara com carinho, enquanto acompanha a mulher e o filho pela feira no domingo.

UM SOPRO

As crianças brincam no cercado do parque, num belo foguete colorido em que podem subir por uma escada espiral e, lá de cima, descer de um longo escorregador até uma cama elástica. O vento que sopra nas árvores, ora morno, ora fresco, chega também ao corpo de Maria. Sentada perto do cercadinho, assiste aos netos correrem de um lado para outro, transbordando energia em volta do brinquedo. Maria ouve os gritinhos com prazer, seu corpo envelhecido, já em outra velocidade, mais calmo, sorve desse vento indeciso. Ela que só foi descobrir aos cinquenta que amava sentir o vento no corpo. E praia. E também dormir até mais tarde.

Maria sente cheiro de pipoca. O neto de Luiz, que está sempre junto, já pediu umas duas. Maria não nega. Avó é pra estragar mesmo, pensa. Além disso, Luiz quase nunca pode estar presente, depois do acidente foi perdendo cada vez mais os movimentos, e cada vez mais aceitando uma vida de paralisia doméstica. Maria também não insiste, o que importa é que Basílio, o netinho de Luiz, pode sempre vir brincar com os dela, é bem-vindo em casa.

Adolescentes, passando por trás, fazem piadas, riem alto. Maria se lembra da antiga Maria, de muitos anos atrás. Nas fotos, sempre fechada, austera, cuidando de todos. A Maria de agora sente um pouco de pena da anterior, mas aguenta. Parque é outra experiência de que Maria aprendeu a gostar.

Depois daquele tempo, daquelas vezes em que o cruzou a pé, hoje ela se sente em casa. Lembra-se de quando virou esta Maria de agora, que ela chama de mais assentada. Logo ao lado, vê um carcará comendo um pombo recém-abatido. A natureza tem dessas, pouca harmonia, muitos impasses. Mas ela vê beleza nisso. O sol iluminando a cena, o vento que não se define se morno ou fresco, as crianças gritando, os jovens rindo alto, e a natureza ali, fascinante, com suas árvores, seu sol, seus carcarás e seus pombos. Ela sabe que mudou. Esta Maria de agora sabe. Mudou o quê? “Ah... muita coisa”, diria ela. Mudou tudo, sente os pés no chão, corpo, as mãos, sente tanto...

Maria mergulha numa lembrança. Depois daquela fase, daquela turbulenta fase, transformações começaram a acontecer em casa. Num dia, os meninos visitavam um amigo e Maria acabara de tomar banho. Sentiu o perfume de sua pele e se acariciou. Como noutras vezes, pensou em resolver-se por si só. Mas não. Dessa vez não. Buscou Carlos pela casa, não estava na sala, nem na cozinha, mas no escritório, em frente ao computador. Ele pensou que a esposa queria conversar, tirar uma dúvida. Tirou os óculos e a olhou, de toalha. Não teve como não reconhecer a abundância daquela mulher à soleira da porta.

Mas não esperava que ela fosse retirá-lo da cadeira com tal convicção. Assim como não esperava que Maria fosse dominá-lo, jogá-lo na cama, beijá-lo até os arrepios. Maria usou cada canto do corpo do marido, sem pressa, de maneira egoísta. De maneira generosa. Deu ao marido um gozo poderoso, que o fez rir e desmontar-se na cama. Muitas foram as surpresas de Carlos naquele dia. Os meninos ficaram desconfiados quando chegaram em casa e pegaram o casal risonho, trocando gentilezas. Cenas de um passado distante, que ainda se repetiram muito até surpreenderem Maria neste banco, numa sexta-feira no fim do dia, com as árvores embalando-se no vento.

Maria ainda aterrissava quando viu Basílio batendo numa criança no parquinho. Um menino atentado, que Maria percebeu logo na chegada.

— Basílio?! Basílio! Vem aqui.

De longe vem o meninimho correndo, como se tivesse sido convocado para uma missão importante.

— Quê?

— O quê? É assim que responde, Basílio?

— Não... Não é...

— E como que fala?

— Não sei.

— Basílio, você bateu naquele menino? Vai lá pedir desculpa.

— Mas... Ele tava xingando a gente.

— Ah, é?

— É! E ele não brinca direito. Ele quase machucou a Inês, eu vi!

— Então saiam de perto dele, mas não brigue.

Basílio vai e fala com os dois netos de Maria. Eles vão brincar em outro lugar, e o outro menino, que começou a agressão, se vê só. Sai do parquinho em busca dos pais. Basílio volta. Maria se emociona vendo aquele pacotinho lindo correndo em direção a ela, confiante. Há uma maturidade que não deveria estar ali, um pedaço de gente daquele tamanho não deveria ter aquela expressão no rosto. Ele se senta ao lado dela, numa tentativa de observar o parque do ponto de vista daquela figura mais velha, madura. Maria fica quieta.

— Vó.

— O quê?

— Posso te chamar de vó?

— Claro, meu amor. Você sempre pôde.

— Mas é que...

— É que o quê, baixinho?

— É que o vô disse que vó é a vó Lina.

— E eu? Eu sou o quê?

— Ele diz tia-avó.

— E você, o que você acha?

— Eu queria que você fosse minha vó.

— Meu pretinho lindo. — Basílio fica sem graça. Os pés, que sentado no banco não alcançam o chão, sobem retinhos, esticando as pernas. — Tem o que você sente, e tem o que dizem pra você sentir. Pra você, eu sou o quê?

— Vó!

— Então está resolvido, eu sou sua avó. Mas você vai precisar manter segredo. Porque nem todo mundo vai entender.

— Mas você pode ser minha vó?

— Claro que posso! Sabe por quê?

— Não...

— Porque eu quero ser sua avó.

Basílio encara Maria nos olhos, com uma sensação que transcende a sua idade, que talvez nem ele tenha dimensão.

— Então pra você eu sou o quê? — pergunta Maria.

— Vó!

Maria brinca mais algumas vezes com Basílio, que gargalha a chamando de "vó", como se estivesse praticando um ato clandestino, mas muito divertido. Começa a escurecer e Maria chama os outros dois netos, que ainda brincavam. Eles demoram para atender, mas voltam. Hoje vão todos jantar em casa.

EDIÇÃO	Camilo Gomide
CAPA	Mateus Valadares
ILUSTRAÇÃO	David de las Heras
PREPARAÇÃO	Bárbara Prince e João Rodrigues
REVISÃO	Marcela Roldão
PROJETO GRÁFICO	Leopoldo Cavalcante

DIRETOR EXECUTIVO	Leopoldo Cavalcante
DIRETOR EDITORIAL	André Balbo
DIRETORA DE ARTE	Luísa Machado
DIRETORA DE COMUNICAÇÃO	Marcela Monteiro
EXECUTIVA DE CONTAS	Marcela Roldão
ASSISTENTE COMERCIAL	Gabriel Cruz Lima

GRUPO ABOIO

ABOIO EDITORA LTDA.
São Paulo/SP
(11) 91580-3133
www.aboio.com.br

Grafia atualizada segundo o Acordo Ortográfico da Língua Portuguesa de 1990, que entrou em vigor no Brasil em 2009.

Dados Internacionais de Catalogação na Publicação (CIP)
Bruna Heller — Bibliotecária — CRB10/2348

V521j

Verlindo, Jorge.
Jogos marcados no corpo de Deus/ Jorge Verlindo.
- São Paulo, SP: Cachalote, 2025.
274 p., [6 p.] ; 13,5 × 20,8 cm
ISBN 978-65-83003-75-1

1. Literatura brasileira. 2. Romance.
3. Ficção contemporânea. I. Título.

CDU 869.0(81)-31

Índice para catálogo sistemático:
1. Literatura em português 869.0.
2. Brasil (81).
3. Gênero literário: romance -31

Esta primeira edição foi composta em
Martina Plantijn sobre papel Pólen
Bold 70 g/m² e impressa em setembro
de 2025 pelas Gráficas Loyola (SP).

FSC
MISTO
Papel | Apoiando
o manejo florestal
responsável
FSC® C008008

A marca FSC® é a garantia de que a madeira utilizada na fabricação do papel deste livro provém de florestas que foram gerenciadas de maneira ambientalmente correta, socialmente justa e economicamente viável, além de outras fontes de origem controlada.